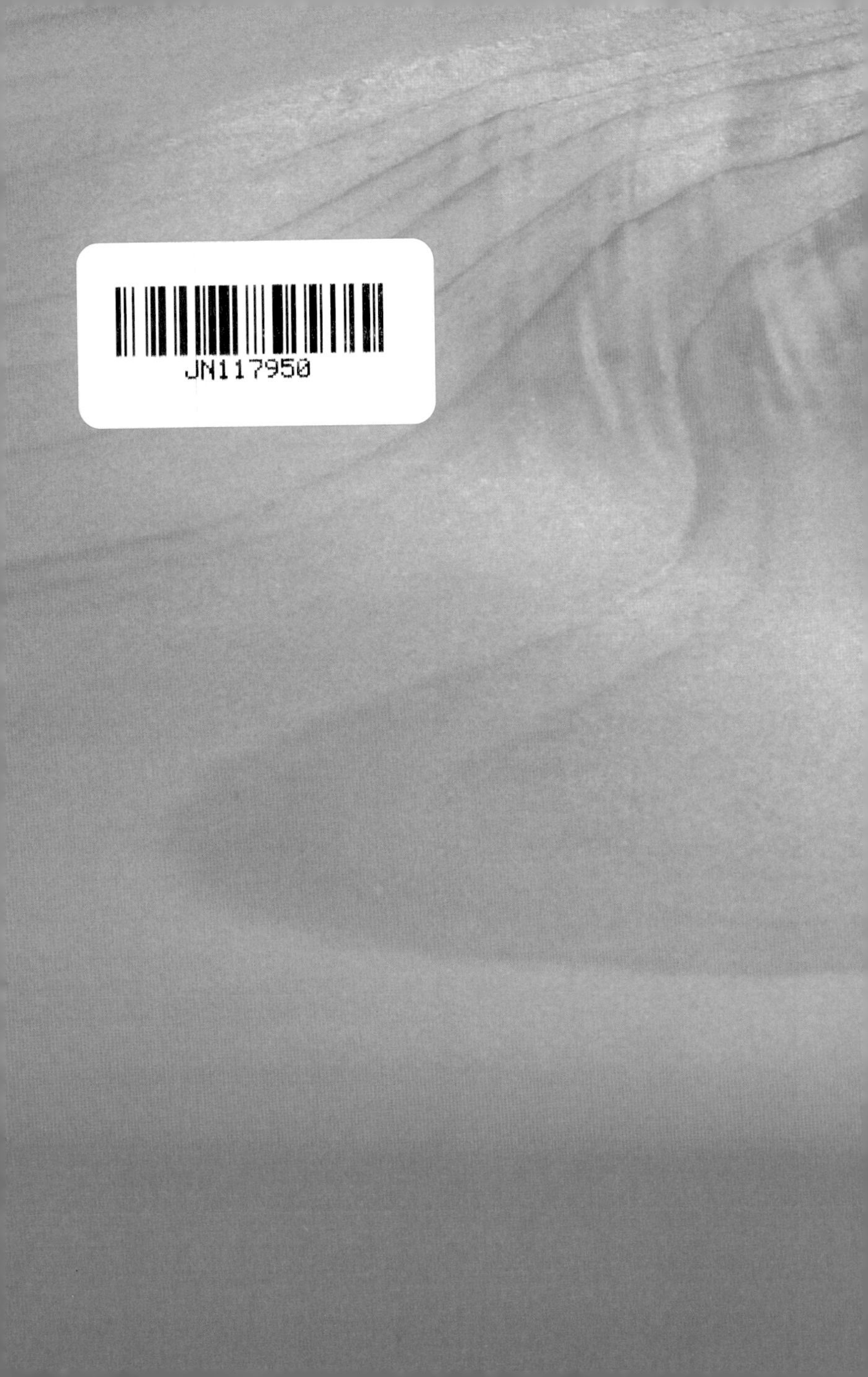

恩讐航路

——不在の輪郭——

とても遠いいつの日にか、ひんぱんに視界に現れ、笑い、語り、時には消えもする影が、親というものであると膚に刷り込まれた。それからは毎日、母という女性と居ては、この人は誰なんだろうと思い、父という男性と居ては、この人は誰なんだろうと思い続けた。

ずっとそうだった。父も母も、なぜかそこに居る、胸ときめく、驚くべき存在のままだった。

恩讐航路
―不在の輪郭―

序　章　ウサギの日

コスモスの塚を上がると、二軒長屋の瓦屋根が、幾重にも夕闇にうねり、隣町の古都とを隔てた山の、木肌が残照に光った。振り返れば、今しも果てようとするえんじ色の空が、中学校の三角屋根を漆黒にかたどっていた。

一帯には以前、海軍の木造倉庫が三〇棟、四列に連なって建っていた。戦争に負けた直後、空爆から免れたもののうち、西側にあった数棟の内側がわずかに改造されて、新設の市立中学の校舎になった。緑色の壁板も、三角屋根もそのままだった。別の一棟は引揚者寮と呼ばれ、隣国の大陸から帰国した人たちが、たくさん収容されていた。

ほどなく東側半分にあった倉庫がすべて解体されて、百数十棟もの、平屋建ての公営住宅に生まれ変わり、寮にいた引揚者が、わらわらとその二軒長屋に移り住んだ。

山と田畑に囲まれた緑の過疎地に、突如現れた住宅街の小さな家々は、碁盤の目のように正確に配置されていた。東西南北に貫かれた何本もの道の両端に、アカシアが植えられて並木となった。アカシアが選ばれたのは、ここに移り住んだ人の多くが以前暮らしていた、隣国の港町への郷愁だったかもしれない。現地のニセアカシアとは別種で、まだ幹は細く葉もまばらな若木だった。

その家は、街区の一番西側で、中学校に面した列にあった。狭い庭には、軍用地時代からのコンクリートが残されていたが、引っ越してすぐ、近隣住民が総出で砕いて剥ぎ取り、土を起こした。瓦礫を、長屋式に繋がる、隣家との境界に積み上げ、土をかぶせれば塚となった。しばらくしてそこに、どこからか漂着したコスモスが群生し、色とりどりの、静かな景観を呈したのだ。

玄関は一畳ほどのたたきとなっていて、六畳間と四畳半の二間は畳敷きだった。玄関と部屋とを短い廊下が区切る。台所スペースは、廊下の延長にすぎず狭かった。

台所の隅にくぐり戸があった。入居後父親が、その外側の通路に下屋を下ろし、板で囲って土間にした。子供たちが遊びから戻ると、母親が、囲いの上の隙間から顔を出して、お帰り、といたずらっぽく笑ってくれた。

調理台はあったが、水道は各戸にはなかった。四棟ごとの入り口付近に、共用の水道が設置され、蛇口の下に二畳くらいの木製の流しが据えられた。近所の母親たちが並んでしゃがみ、野菜を洗い、米をとぐ。丸い木製のたらいに洗濯板を差し入れ、ごしごしと衣類をこすりつけては水を流す。大声でしゃべって笑いあって、みんな仲がいいように見えた。

どの家も庭を野菜畑にした。トマト、きゅうり、なす、カボチャを植え、ブドウ棚を吊った。ウサギを飼い始め、鶏に卵を産ませる家も出て来た。

その家に鶏はいなかったが、ウサギが一羽、畳の上を跳ねていた。五人の兄弟姉妹は、ウサギを追って部屋中を駆け回り、かわるがわる抱いて遊んだ。ウサギはいつも無口だった。

秋が深まって、台所に、都市ガス用のコンロが取り付けられることになった。引っ越してきた当初、ガス管はすでに家の中まで引き込まれていたが、実用化するだけの機材が整うには数ヶ月を要したのだ。それまでは庭で、コンクリートの瓦礫を組み合わせて作ったかまどで飯を炊き、惣菜を作っていた。

待望久しく、今夜からガスが使えるようになる。夕刻、勤めに出ていた父親を除く家族全員がうちそろい、固唾を呑んで作業を見守った。生活が大きく変わることへの期待が、工事屋の一挙手一投足に、総勢の視線を集中させていた。

その時ウサギは、家族の中でも、一番かわいがっていた、三歳の娘の腕にあった。緊張と沈黙が部屋を支配し、誰もが我を忘れ、他を忘れた。

半刻ほど過ぎて、縁周りがギザギザに覆われたコンロの、内側にめぐらした筒の穴から、幾筋もの光が青く吹き出した。「わあ」と歓声が上がった時、ウサギは娘の腕に居なかった。部屋のどこにも姿が見えない。家も庭も狭く、探索の結果を了解するまでの時間は、絶望的に短かった。娘のあの小さな相棒は、人知れず姿を消してしまったのだ。二日の間、娘は泣き続けた。

数日後、三軒先の台所の窓に、頭のない、皮をはがれた小動物が吊られていた。そのころ、そんな風景はどこの家にも多く見られた。街区の住人たちにとって、ウサギは貴重なたんぱく源であり、そのために飼育していたのだった。その家に吊られていたものが、あのウサギだったのかどうかはわからない。

公営住宅に、定期的に紙芝居がやって来た。紙芝居屋は二人いて、別々の曜日の昼下がり、住宅街の真ん中にある広場に現れた。その一人は、カーキ色の服を着て、進駐軍用の帽子をかぶっていた。潜水艦のような形だった。

街区の子供たちは、《アメリカ帽のおじさん》と呼んだ。アメリカ帽からはみ出たもみあげには、存分に白髪が交じっていた。当時のほかの大人たちと同じように服装はみすぼらしかった。背丈は短く、小学生の子供たちとさほど変わらない。

しかし、首から上だけ切り取って見れば、アメリカ帽は精悍そのものだった。鼻が高く目は大きく窪んでいる。深い縦皺が頬に刻まれ、それはがっしりと骨張った顎まで届いていた。髭剃り跡もあらあらしく、アメリカ帽がよく似合った。

男が広場に到着する時刻は正確だった。その時になると街区の子供たちは、ベーゴマの独楽や、じっくぎの釘、縄跳びの紐、ゴム跳び用につなぎ合わせた輪ゴムを、半ズボンやスカートのポケットに押し込んで集まって来た。男は、水飴、いかのしっぽ、甘い昆布を売った。水飴は、一人分ずつ、短く折った割箸で、四角い缶から目見当で掬い取る。二本の箸で、こねくり合わせると白銀に変色し、飴の捻じれが作る幾層もの筋が、日に反射して虹を放った。競い合っていちばん白くすることが出来たものに、褒美としてもうひと掬い水飴が与えられた。

「ただ見はいけないよ……」

首から上はなかなかのアメリカ帽は、踏み台の上からじろりと子供たちを見回し、それから、つやのあるよく通る声で、ゆっくりと語り始める。別の日に来るもう一人の紙芝居屋の語り口は、講談調で仰々しいが、こっちのほうは、淡々と、ボール紙に描かれた絵と語り合うような口調だ。

「そうだな、こいつはほんとに悪そうだなあ」

「あらあら、こんなになっちゃったよ。主人公のくせに弱いなあ。朝の食いもんが悪かったのかな」

自身もそのとき初めてその絵を見るようであり、その日の気分で適当に筋を作っているようでもあった。同じものをやっても、毎回少しずつ話の色合いが変わっていて、それが結構面白い。チャンバラものが多く、主人公は、黒、白、紫の頭巾をすっぽり被っていた。馬乗りがうまく、もちろん剣術は無敵だった。

広場に時々、バクダンあられ売りが現れた。子供の十人もさらって行けそうな、金網の籠をリヤカーに乗せ、原動機付自転車で曳いてくる。子供たちが持ち寄った米を機械の管に注ぎ込むとしばらくして、ドオーン、と重い音が街区に響き、パンパンに膨れた米粒が網の中に飛び交った。煙がひと包み、ふわと浮かんで、香ばしさがあたりに漂う。

ポンせんべい屋というのも来た。直径一〇センチほどの円く縁取られた鉄板の面に、これも子供たちが持ってきた米を一重に並べる。ハンドルを回すと、同じサイズの鉄の蓋が、静かに下りて、ぎゅうと米を挟みこむ。ぱきぱきと乾いた音がして、蓋を上げれば、バラバラだった米が膨らみながらつぶれ合い、つながり合って、厚さ四ミリほどの丸い煎餅に焼き上がっていた。ポンせんべいだ。

駄菓子屋が一軒、駅に行く途中の、S字型通路にあったが、薄暗い棚は隙間だらけだった。店先の台にも大したものは並んでいなかった。その菓子もなかなか買ってもらえなかったから、ほんのわずかな手数料だけ払えば作ってくれる、バクダンあられやポンせんべいの魅力は、子供たちを圧倒した。小遣いがなくても、焼いてもらう分より多めの米を、台所の隅の、四角いブリキ缶から持ち出して渡せば何とかしてくれた。第一、本当においしかったのだ。

このころ、この町の冬はなぜか寒かった。毎年子供たちは、ひび、あかぎれ，しもやけとの格闘に明け暮れた。

ひと冬に雪が何度も積もる。雪は白い猪の群れとなって、軒下を這い、窓枠のすぐ下で荒々しい息を吹き上げた。玄関のガラス戸の破れ目から押し入って、廊下にまで攻め寄せて来ることもあった。

前夜の雪が上がったある日、昼の日差しが一面の雪に撥ねて交差する庭先に、父親と、知らない青年が、大きな木の臼を手で運んできた。父親の、決して筋肉質ではないが恰幅のいい、半身の裸は眩しく、白い肩から湯気が立ち上っていた。臼は住宅のどこかで借りて来たものだというが、かなり長い距離を運んで来たらしい。知らない青年は、父親の勤め先の同僚ということだった。

庭は解け始めた雪でぬかるんでいたから、臼を玄関にすえて、餅をついた。父は杵を振り上げるごとに《よっこらしょ》と言い、下ろすごとに、《どっこいしょ》と言った。母は、杵が上がるたびに、《はいよ》と、蒸かした米の塊を素早くこね、《ほらよ》と、巧みにひっくり返した。父と母がものすごい仲よしのように見えて、子供たちは幸せな気持ちになり、妙なはしゃぎ方をした。餅つきはその年から毎年恒例になった。

出来上がった餅を、一メートル四方くらいの板の上に延ばして乾かす。別に飾り餅用に、丸くまとめたものを大小幾つも作った。粟と、ほんものの餅米の二種類である。比率としてはもちろん粟餅が圧倒している。それを数時間おいて、ある程度固まってから、食べやすい大きさに切るのは子供たちの役目だ。粟餅は、すぐにカチンカチンとなり、包丁が通りにくくなるので、作業は難儀を極めた。

そして、当時の餅は正しくもすぐ黴が生えた。緑や青や黄色、時には赤いものまで繁殖した。色だけをみると鮮やかだが、やはり、黴である限りは生き物であり、何か気味の悪いたくらみを感じさせて怖かった。

節分には、白くまっ平らになった庭に向かって、豆を投げる。雪の夜はどこまでも静かだ。裸電球の直線的な明りが庭の雪面に跳ね返り、窓の四辺をくっきりと縁取るが、その奥の闇は、重くて深い。凶暴な獣が息をひそめてこちらをうかがっているようだった。

遠くから、《おにはそとー……》という声が、長く尾を引きながら、雪面のくらがりを這いずって来る。その声が、おそろしい野獣の姿になって現れる前に追い返そうと、こちらも闇に向かって大声で撒き返す。

夏の近づく夜、生後一年になろうとしていた、末の娘が、何の前触れもなく立ち上がり、すぐしりもちをついた。泣きも叫びもせず、四つんばいになり、ゆっくりと背中を伸ばしてから再び二本足で立った。よろよろと畳の上を進み始める。進んでは倒れ、倒れては立ち上がる。

家のものがみな手をたたいて、がんばれ、がんばれ、と煽る。彼女も口を大きく開けて、ヒャッ、ヒャッと息を吐きながら、何度も倒れ、何度も立ち上がった。自分がやれてしまっている奇跡に驚き、興奮しているようであった。就寝前の、何もない六畳間にあって、裸電球の橙色に反射して縮れ髪が揺れる。大きな目が嬉しそうに笑っていた。

二部屋のうち、四畳半の方はいわば居間であった。全員が座って食事が出来る長方形の台のようなものを、お膳と呼んだ。わずかにある家具はほとんどが手製だった。すべて、父親が作ったものだ。お膳の大きさは、友達の家にあるちゃぶ台の倍近くもある。横に渡した数枚の厚い板の間に、薄い隙間があったが、使いこんでいるうちに板が膨らんだのかカスが詰まったか、うまいこと埋まってくれた。三度の食事はもちろん、子供たちの宿題も、母の裁縫もこのお膳でこなした。

炬燵も火鉢も手製だった。火鉢は、四角く板で囲んで、そこに灰をたっぷり入れたものだ。横に小さな正方形の台が付いていて、薬缶や急須を置けるようになっているところがしゃれていた。こんな火鉢はどの家庭にもなかったから、子供たちにとっては誇らしいものだった。父親というのは何でも出来る存在なんだと、そのころ、みんなが思い込んでいた。

六畳間の方は、鴨居に巡らされた棚に、父親の本がたくさん並べられていたが、床に家具らしいものは何もなかった。そこは客間だったが、家族全員の寝室でもあった。

夕食後、びっしりと蒲団が敷き詰められ、両端の父母に挟まれて、子供たちの細い胴体が五本、クレヨン状にひしめく。天井に描かれた、どうしても人面に見えてしまう不気味な木目を睨みながら、大声でしりとりをつなぎ、九々を諳んじ、習ったばかりの歌に喉を膨らませ、ひとしきり騒いだ後一気に眠りに落ちた。

テレビも冷蔵庫も、洗濯機も掃除機もなかった。楕円を半切りにしたような形の木製ラジオが、四畳半の隅に吊られた三角棚の上に、ぽつんと座っていた。

ウサギ小屋のような空間に親子七人が棲息していた。しかしどういうわけかいつも、家の中はガランとしていた。

第一章　南の島

師団長への道

小学校の時から僕には、芸達者としての評判が、いささかは付いて回っていた。学芸会の演劇では毎年、それなりの役を教師から任されていたし、自分でもその期待に、少なからず応えて来たという自負もある。常連の出演者ではあったのだが、主役になれたことは一度もない。

主役は、ヒーローでありスタアである。全校あるいは各学年、またはクラスの看板として、誰もが認める天賦の品位と輝きを、身にまとっていなければならない。貧弱な風体の上、日頃から軽薄で落ち着かず、無駄に騒ぎまくっているだけにしか見られていなかったこの僕が、あらかじめ対象から外されていたのは仕方がないことなのだ。

中学一年の正月休みが明け、三学期目が始まって間もない、午後のホームルームである。両手一杯に、書類の束を抱きかかえて、担任教師が教室に入って来た。身体全体の比率からすれば大きめと言える顔が、束のかげに見え隠れしている。顎の両側がいくらか角ばっていて、目鼻立ちのはっきりした女性だ。真っ赤なジャケットの肩パットが強く左右に張っている。二十代の半ばに差し掛かったばかりという。

「これは、演劇の台本です」

教卓に下ろした書類に右手を添えながら、うつむき加減に教師は切り出した。

「三月半ばに学芸会がありますが、今年は、一年生全学級が参加する形で、一つの劇をやることになりました。それがこの台本です。いまから全員に配ります」

すかさず、後部席の、男子生徒数名から声が飛ぶ。

「全員に配ってどうするんですかあ」

「みんなが学芸会に出るんですかあ」

声変わりしたてのどら声である。平べったい語尾が厚かましく粘る。

「本番の前に、各クラスごとに、この劇をやるのです。稽古してから全クラスの発表会をやって、それを先生方が判断して、本番の舞台に出演する人を選びます。全クラスで同じ劇をやって、競争するのです。そうやって、一番上手な出演者を選んで、また一緒に稽古して、一番いい舞台を作るのです。わかりましたね」

今年度、初めてクラスを受け持ったという教師は、畳み込むように言い切る。緊張したり、気持ちが高ぶった時、顔が少し上向きになり、大きな目の瞬きが、激しくなるのが常だ。

「ですから、このクラスでも、登場人物の配役を決めなくてはなりません。一応みなさんに台本を読んでもらって、そのあとで、このクラスとしての出演者をみんなで決めます」

台本は、ガリ版刷りのわら半紙が、数十ページも綴じこまれたものだ。

《オコロ　ポーノロポイ　ガニエワ》

鉄筆で幾重にも彫られ、がっしりと表紙に刷り込まれた文字列が、黒く強く眼を射る。

「意味わかんねえよ」

声が行き交う。

表紙をめくれば、《配役》とあり、初めに《師団長》という役が目に入る。並んで、《参謀長》、《副官》、《軍曹》、《上等兵》、《二等兵》とある。戦争ものらしい。続いて《土人の酋長》《同娘》《同若者》という文字が連なる。これが、世界地図の中の、南方の島の住民のことを言っていることくらいは、生徒たちの誰にもわかる。

「それで、ともかく今日は……、ともかく今日は、この台本を持ち帰って、家で読んで来てください。それで……」

「明日、皆さんに訊きますから、自分がやりたい役を言ってください。まずは希望者を募ります。それから、推薦とか、場合によっては抽選などで、全部の配役を決めていきますので」

いったん呼吸を整えようと、教師は口をつぐんだ。ひそひそ声が生徒たちの間をさまよう。

小学校の時からいつも、劇をやるときの主要な役は、生徒たちの代表にふさわしいものに、当てられることになっている。

どうせ先生が決めるんじゃん……。出れっこないやつまで読まなきゃいけねえのかよ……。

教師はじっと前を見つめている。

その沈黙につられるように、ざわめきがおさまりかけた時だ。

「先生！」

手を挙げてしまったのだ。この僕が、である。台本が配られてからずっと、何かにせっつかれている感じがしていて、抑えようもなかったのだ。黒板に向かって少し左よりの、前から二番めの席だ。

挑むような視線が、四方から降りかかって来る。教室じゅうの悪意に射込まれているようで、坊主頭の後頭部がちくちくする。突端を削り落したような平坦なその形を、いつもみんなにからかわれていた……。

教師はめんどくさそうに、横目をこちらにあてがう。

「何ですか？」

目に苛立ちがつのる。この子はどうせろくなことは言わない。思いついた軽口をたたいて、みんなに笑って貰おうというだけなのだ……。

彼女の顎の、強めの輪郭が、わずかに波打っている。僕の肩から首にかけても硬い緊張が走る。

「ぼ、僕、や、やります」

手を挙げたままだ。

「何をやると言うんですか？　立ってきちんと言ってください」

腰を浮かし、つんのめりながら僕は、言葉をつなぐ。

「し、師団長です。僕がやります」

あいつかよ……。あいつが主役かよ……。

そこかしこにまたさざ波が立つ。

やれるわけねえじゃねえか、あんなふざけたチビ野郎が……。

入学した当初、クラスで際立って低かった僕の背丈は、この十か月ほどで、成長期らしい伸びを一応は見せていたが、それでも、平均をかなり下回っていた。

先生があんなやつに主役をやらせるわけがない……。

「いったん家へ帰って、読んでからみんなで決めるって言ったでしょう？　もう読んでしまったとでも言うんですか？」

「いえ、読んでません」

「どういう役か……」

「わかりません。でもやります」

クックックっと、笑いが漏れて、交互につながり合う。

いい気なもんだぜ……。読まねえでやれるってのかよ……。

しかし、ほんの少しの間をおいて、教師の顔に現れた反応は、どの生徒にも思いがけないものだったはずだ。思い直したように、彼女が正面から僕の顔を見つめ出したのだ。

「そうですね……。はい……」

目に、強い力が加わる。背筋をピンと立てた。

「きみなら、やれると思います」

軽く顎をしゃくった。自分の本気度を誇示するように。その力に引き込まれてこっちも、カチカチになった視線を返す。教師と僕との間で、一本の針金が張り詰め、それを伝って、細かい振動が硬く行き交う。

まわりは何とでも言え。先生はわかってくれている。先生は味方だ……。

静まり返る教室。

「それでは、そういうことで。あとは明日決めましょう……。もちろん、ほかにも師団長をやりたいという人があれば、言って来ていいんですよ……」

教師は出て行く。全クラスが参加し、競い合って、最高の演劇を全校で作るという、新しい試みの意義を、しっかりと生徒たちに理解させるはずだったのだが、今はそんなことはどうでもよくなってしまったようだ。思いもよらなかった生徒が主役に立候補し、それを自分がなぜか得心してしまった経緯が、彼女を疲れ果てさせたらしい。

家に帰ってすぐ台本を読む。

このころ、僕の暗記力は、他の誰の追随も、許さないものだった。中学一年、その能力は奇跡的な域にあり、たぶん人生での絶頂期だと、自分ですら悟っていたくらいだ。国語や社会科なら、三、四回読み返す間に、教科書一冊丸ごと覚えた。信じられないことだが、本文はもとよりページ番号から、写真やカットの位置までが、吸い取り紙のように脳膜に染み込んで行くのだ。

家族は、僕が小学校四年の時に、中学校の隣にある公営住宅から、今の家へ引っ越して来ていた。町の北側の、大きな撮影所の近くで、お屋敷町と言ってもいい地区にある。建物も庭も以前より十倍くらい広い家だ。

玄関横の、客間だった四畳半の洋室を、五人の子供たちが占有していた。その出窓に座って、庭の沈丁花の匂いを総身にまといながら、教科書の文面を、大声で暗唱するのが、僕の楽しみだった。時には、歴史の教科書の文章に、適当な節をつけて、何時間も歌っていることもある。この程度の台本を覚えるのはわけもなかった。

それに、この師団長という役柄は、主役の割にはずいぶんと台詞が少ない。際立って意味深げなものや、ややこしく理屈が混みあっているということもない。単調なセリフで、やたらと威張り腐っているだけだ。戦争ものがよく駅前の映画館にかけられていて、たくさん見たというわけではないが、軍隊のいじめの残酷さのようなものは、それなりに頭に入っている。

ともかく、今回は主役を射止められるかもしれないのだ。もちろん自分でも最初のうちは、小柄でひょうきんな自分が、貫禄的に見て、帝国陸軍の栄えある師団長に、ふさわしいとは思えなかった。しかし、これまで見て来た主人公と違って、かっこいい役柄ではないらしいことが僕をその気にさせた。自分でもやれる、いや、こういう役こそ自分がやるべきだと瞬時に思い込んだのだ。自分から名乗りを上げた気恥ずかしさがないではなかったが。

結果的には先生も推してくれたわけだし……。

「おっ、なんだ、勉強か。珍しいな」

勤めから帰ってきた父が、いきなり子供部屋のドアを開けた。

あわてて台本を閉じる。学芸会までは、秘密にしておく目算だった。

両親は当日、何も知らずに舞台を見に来るのだ……。幕が開いて、さっそうと登場した主役が、わが息子だと突然知ったときに驚く親の姿を、想像するのは楽しかった。周囲の親たちに対する、晴れがましさのようなものを、一番効果的に味わってもらうというのも、気が利いているように思えていた。それがいい……。

「何の勉強だ」

ずかずかと寄ってきた父が、ひょいと台本を取り上げる。

「おっ、芝居か」

「学芸会なんだよ。いいから返してよ。今読んでるんだから」

かまわず父は、

「ふうん。軍隊ものかよ」

ぱらぱらと台本をめくっている。

「きみたちがこんなものやるのか……。誰の本だ？」

作者名のことらしい。

「知らないよ」

「知らない？　なんだそりゃ」

台本を渡された時もそのあとも、担任から作者名は聞かされなかった。それは当然に、著名な作家ではないし、著名とまで言わずとも、それなりの専門家が書いたものではないことを暗黙に示していたが、僕にはそんなことはどうでもよかった。どんな本にせよどんな役にせよ、それも予選段階とはいえ、初めて主役をやれそうなのだ。

父はぶつぶつと言っている。

「どれか、ましな役でももらえたのか」

「どうせ、この大勢の中の一人だろう」

つい、挑発に乗った。

「主役だぞ！」

「主役？　どれだ」

「師団長だい！」

言ってしまった。

「ふうん……」

急に押し黙った父は、台本を目で追い始める。ページを繰っている。ちょっと真剣そうだ。

やむなく、黙って待つ身となった。しばらくして父が口を開く。

「この役を、きみがやるのか？」

「そう、面白いでしょ？」

「そうかな」

少し間があった。

「まあな。どういう役か、わかってるのか？」

感心している様子も喜んでいる気配もない。

「簡単だよ、もうほとんど読んだし」

「そうかな。どうして選ばれたんだ？」

「自分でやるって言ったんだ。みんな、僕なんかが出来っこないって思ってたみたいだけど」

「本当かよ。読んでから言ったのか」

「いや、ちょっと見ただけだけど。でも先生だって、僕なら出来るって、言ってくれたんだ」

「そりゃあ大変ですぜ、師団長さんよ……」

わざとらしい抑揚をつけて言う。

「せいぜいがんばるんですな」

父は出て行き、階段の軋む音がした。役柄はばれてしまったうえに、自分では気付いていない何かを、見透かされているような感じだ。けだるい空気が部屋に滞る。

気を取り直して、台本に向かい、二、三の台詞を棒読みした時だ。

「おーい」

父が二階の部屋から呼ぶのだ。またか……、と僕は思う。

公務員の父は、北側の商港都市にある役所に出かけている時以外は、もっぱら二階の自分の部屋で寝ていた。降りて来るのは、食事かトイレに行く時だけだ。

それでいて、何かというと息子の僕を呼んで、蒲団の横に座らせ、長々と話をした。話のほとんどは、古今東西の歴史物語から引いてきた逸話であり、挿話であり、断片である。もちろん満遍なく、父の趣向で仕立て上がっているから、真偽は全く当てにならない。

むかし、世界地図の半分以上を占める大陸の、西側一帯を征服した帝国の独裁者が、それまで年間一〇カ月だった、暦を変えちゃったんだ……、などと切り出す。

それで、今の暦の、毎月の名前はどこかおかしいように、きみは思わないか……？

中学に入ったこの年の春から、英語を習い始めていて、僕には確かに気になっていたことがあった。どうして九月が《セプテンバー》なのか。《セブン》に似た響きなのに七月ではない。一〇月の《オクトーバー》は蛸の《オクトバス》に音が似ているのに、足の数通りの八月になっていない。二個ずつずれているようなのだ……。そこがおかしいと言ってみた。

そこだ！　と父が乗り出す。すごいぞきみは……。

最初の独裁者が七月のところにひと月割り込ませて、自分の名前を付けたんだ……。ほんとかよ。父に合わせて相槌を入れる息子。畳み込む父。こんな横暴を聞いて元老院の子分どもが何と言ったか？　覚えたてだが、独裁者の名前は《ジュリアス》で、七月は《ジュライ》だ。七月はこの独裁者の名前だったんだ。回答はそれに関係あるような気がする。そうすると……？

それはだな。思案する息子を待ち切れず、父は顔を寄せる。大将、そいつは、『じゅりいや』と言ったんだ……。してやったり、父の満面に笑いがあふれる。

さらにだな。この独裁者が殺された後、その甥と称する、実は出生不明の男が現れて、まわりの有力者をみんな殺して、初代の皇帝になった。すると、こいつは叔父さんを真似て、八月に自分の名をつけた月をこじ入れたのだ……。なるほどそれで一年が一二カ月になった。了解。

では、その時、《尊厳者・オウグスツス》と呼ばれていたその皇帝に対して、子分どもは何と言ったか？　今度はきみにもわかるだろう？

父は追い込む。ヒントは、前に一度認めちゃったし、今度もしょうがねえなあとみんな思った、というものだ。これはわかりそうだ。八月は当然《オウガスト》で、この皇帝の呼び名だ。すると？　息子は浮かびかけた言葉を口元で整理しようとした。

わかんない？　わかんないよな、それはだな。攻めまくる父。つい逡巡する息子に父が言い放つ。こう言ったんだ、『へい、ようがす！』と……。

すかさず、息子が返す。父さん、先に言っちゃ、『じゅりいや！』。笑い転げる二人。そんな会話ばかりなのだ。

何せ父の話では、風の日の夕方、大陸を大きくうねる、黄色い水の河のほとりに、ひとりで佇んで泣いているので、不憫に思って連れて帰った男の子が、僕の三つ上の兄なのだ。

そして、ある晴れた日の朝、古い街並みの石畳を、《姑娘いらんかねえ……》と老人が引いて来る台車を覗き込んだら、かわいい女の子の大きな眼と合ってしまい、思わず抱き上げて買って帰った、それが一つ上の姉。

さらには、どんよりと曇った昼下がり、市場が開かれている広場のトイレの横で、小汚い老犬が番をしている籠の中に、捨てられていたのを拾って帰った赤ん坊が、僕自身なのだった。

確かに僕は、小さいころから、冷たい雨はもちろん駄目だったが、晴れの眩しい日差しも、好きではなかった。元気になるのは決まって曇り空の日だ。曇りの方が、風景の輪郭や色合いがくっきり目に映るようで、わくわくするのだが、実はそれをこの出自のせいにして自分勝手に面白がっていたふしもある。

兄については、さらに逸話があった。引揚げの準備で慌てふためいているときに、知り合いの現地の人が、《お宅のお兄ちゃんが、現地の兵隊に連れられて行ってしまった》と伝えて来た。父が必死に追いかけて、その兵隊に追いつき、にこにこ笑っている兄を、命がけで取り返したという。この話は両親とも一致していたから本当かもしれない。

こんな話もある。帰国船の出る、港町までの長い行程を、艱難辛苦のキャラバンではるばる移動したわけだが、その際、それぞれの地域を抑えている勢力の軍が、馬賊や、強盗の被害から守ってくれた。

あるとき、キャラバンの仲間の一人が、大切な防寒帽を賊だか、誰だかに奪われた。その時守ってくれていた軍勢は、赤の下地の真ん中に青い模様を配した、派手な旗を持っていた。その兵士たちは、《どこだ！　どいつだ！》とムキになって、犯人捜しに走り回ってくれたという。

一方で、その敵方の、全部赤だけの殺風景な旗を持った軍勢の兵士は、同じようなことがあっても何もしてくれず、《諦めてください》と言うのだ。どうしてだ？　と質すと相手は、《向こうも寒いんです》と答えたのだそうだ。このとき、父は、最後は殺風景な旗の方が勝つだろう、と思ったと言う。事実としてはまずはでっち上げだろうが、妙な説得力があった。

また、父は、福音書の中の、さまざまにちりばめられた、権威ある言葉の中で、最も魅力的なのは、十字架に架けられた神の子が叫ぶ《主よ主よ、いづくんぞ我を見捨て給ふや》だと言う。この神の子はどうして磔の断末魔で、主たる神様を疑うようなことを、こともあろうに当の神様に向けて言い放ったのか？　それでどうなったのか？　これがわかれば、かなり、神と信仰、というものがわかるんじゃないか、と言う。父さんはわかったの？　と訊くと、さあどうかな？　と笑い、日本語の聖書は文語訳じゃなければだめだ、とはぐらかす。この時の父の顔は、不思議な柔らかさに包まれていたように思う。

いつものように、そんな、ほんとか嘘か分からない話で、というより嘘ばかりだが、親子そろって笑い合っているのも悪くはないが、今は念願の主役を取りかけている台本を読み込みたい……。

で、聞こえないふりをした。

「おおい……」

また声がする。しつこい。そんなに暇なのかよ……

「台本持って来いよ」

仕方なく、台本持参で二階の部屋の障子を開けた。父が、蒲団の上で珍しく縦になっている。

「ちょっとやってみろ」

いきなり促す。試すような口ぶりだ。

「ええ？　今あ？　ここで？」

「やれるんだろう？　自分から売り込んだんだろう？」

頷く。やれるさ、何が大変なんだ、そんなに言うんならやってやるよ……。

「行ってしまいましたよ」

若い士官が空を見上げながら叫ぶ。一幕目の冒頭シーンだ。

南の島の占領地で、敵機来襲に見舞われた直後の場面である。危険が去ったことを、防空壕に隠れている師団長に知らせているのだ。

「本当か？」

穴倉から恐る恐る出てくる師団長。そして部下の言葉を確信した刹那、

「情けない奴らめ。わが軍に恐れをなして逃げたか。わしの思ったとおりだ。よろしい」

ふんぞり返って、すでに勢列している部隊の前に登場する。

師団長の僕は、外の廊下にしゃがみこみ、障子からそっと顔を出しながら周りをきょろきょろ見て、それから、やおら立ち上がって部屋に入る。胸を張って歩き、立ち止まり、台詞を重々しく言い放つ。まあ、まずくはないはずだった。

「ふうん……」

父の反応である。何が、ふうん……なんだ。

「ここやってみろ」

と台本の別のカットをみせる父。

現地人からまき上げた食料を、師団長が《出せ！》と部下に命令する場面だ。その食料を、《土人》と書かれている現地の子供たちが、盗んで、と言っても元々は現地の村人のものだったのだが、分けて食してしまったという。顛末を聞かされた師団長は、激しく落胆し、怒り心頭に達するのだ……。

僕としてはそれなりに、台詞どおりに叫び、気持ちを込めて立ち回ったつもりだった。

「ちょっと見てろ」

父が立ち上がり、演じ始める。

仰天した。

部下を偵察に出して、自分は穴倉で震えている師団長の浅ましさ。穴から這い出る際の、卑屈な、怯えた表情。敵が去ったことを念入りに確認して、安堵する時の小心さ。そのくせ部下の前での威張り腐った仕草のその極端な対比。食料がなくなっていると知らされて落胆する、情けなくもみっともない顔つき。こんなに傲慢で、臆病で卑劣で、恥ずかしくていやらしい大人を、僕はこれまで見たことがない。

圧巻は、その情けない顔つきから、盗んだ子供たちを処罰しようと決めるまでの、残忍な顔つきへの、瞬間的かつ周到な変化だった。ぞっとした。さすが大人だと思う。

でもその、大仰な顔面の動きに笑い転げながら、僕の胸にはわずかながらの気味悪さも萌していた。これまで、知らなかった父親の性根の悪さというか、残酷さのようなものが、その大きな身体の奥底に垣間見えた気がしたのだ。芝居とはいえ、この顔も父さんの顔なのだ……。

「どうだ?」

父が聞く。

「そんなにやるの? 恥ずかしいよ。笑われるよ。先生にわざとらしいと思われるよ」

「面白いか?」

「それは、そうだよ。だけど、ただの、学校の学芸会なんだよ! だれもそんなにやんないよ! 出来ないよ!」

「他人はいい。きみは出来るのか?」

「やれるさ。なんでも、オーバーにやりゃあいいんだろ」

「なんだ、出来るなら、ともかくやってみろ」

また挑発に乗った。

意気込みに比べて、身体がまだ遠慮しているのか、台詞に動きが付いて行かない。むずがゆさが身体のあちこちに引っかかったままだ。声が宙に浮く。

一方で、あけすけな父のモノマネではかっこ悪い気もしていた。なんとなく、父ほどにうまくやってはいけないようで、少し加減している自分まで意識した。

やっぱり、子供の僕じゃ出来ないよ、あんなには……。

「いいんだ、それでいいんだぞ」

寝転びながら、父がはやす。

しばらくは、無理やり台詞に引きずられているようだった。が、父に乗せられて、大声を吐き出しているうちに、腰の辺りから、背中へかけて熱っぽいものがぐーっと僕に湧き上がって来た。それは、脇の下を通過して徐々に首筋へ、そして脳天へと上り詰めて行く。目の前で衝撃を受けた、父っぽい感触が、自分の中に浸み込んで来て、体全体を内側から押し上げているようだ。そこには、うっとりするような、一種の量感を持った手ごたえがある。父の表情や動きを頭の中で追いながら動き回っているうちに、台詞の方がこれに呼吸を合わせて、自ら飛び出してくるようになって行ったのだ。一人しかいないから、気がつけば、自然に相手役の台詞もこなしていた。

台本の半分くらいまで来た時だ。

「なんだ。いやなやつだな、きみは。もういいや」

ごろんと父は、寝返って背中を向けてしまう。何がいやなやつなんだ……。

父がそのまま、本当に寝入ってしまったのかはわからない。せっかく盛り上がってきて、やめるのももったいない気がして、一人で父の枕もとで、叫び、動き回った。一通り終わらせると、何の反応もない父を残して階段を下りた。

翌日朝、担任教師が改めて、配役の候補者を募った。師団長役はもちろん、どの役にも手を挙げるものはいない。その後、師団長役以外は、全部が全部、教師があらかじめ用意した通りに、指名されていった。生徒たちにはおおよその見当がつく名前ばかりで、まあ、無難な選考と言えるものだ。

一週間の稽古がそれぞれのクラスで積まれた後、予選の実演が、二、三クラスずつ四日間にわたって行われることになった。その中から、本番の役につけるものが選抜されるのだ。クラス対抗戦ならば、芝居としていちばん優れていたクラスの出演者全員が、まるごと本番に出られるから、全員の気合も入るが、役ごとの選抜ではそうはいかない。一年生は全部で十クラスあるから、どの役も十人に一人しか本番に出られない。そんなものを、全体でまじめにやれるわけはないのだ。

実演の時僕は、順番が来るまで、会場となっている教室の窓越しに、ほかのクラスの演技を見ていた。芝居の出来映えなんかはどうでもいい。ライバルである、師団長役だけに視線を集中し、胸をなでおろしていた。突っ立ったままお経のように、台詞を棒読みしているだけの者がほとんどなのだ。

僕のクラスの順番が来た。

一人の男が目に入る。舞台に指定されたスペースの反対側正面に、両足を床に踏ん張らせて、傲然と突っ立っている。

上背は、この時代の大人の平均より、少し低めだ。太っているというほどでもないが、色白の肉感のある体つきをしている。厚ぼったく盛り上がった唇の周りを、これも分厚い口ひげが囲み、上に隆とした鼻がある。その両側に深い二重の目が黒々と彫り込まれていた。顔面を形作るそれらの部品は、うりざね顔の生地の上に、比較的整然と配置され、部品それぞれの主張の強さに反して、全体では、のっぺりとした甘い顔つきにまとめ上がっている。頭の両端は短く刈り上げられていたが、頭蓋上部からは黒髪が、ごわごわと前方へ突き出ていた。

別の学級の担任をしている国語教師だ。近くで見るのは初めてであった。この男が、今回の演劇イベントのすべてを取り仕切っているらしい。

ああこの人か……、と思う。

僕のクラスの授業科目を担当しているわけではないから、直接には口をきいたことはなかった。が、いろいろ耳にする教師である。全校でいちばん生徒から恐れられている教師だ。

僕と入れ替わりにこの中学を卒業した兄や、一学年上の姉からも強く聞かされていた。

陸軍か海軍だかの特別攻撃隊の隊員だったという噂もある。当人が直接明かしたのか、周辺からの確かな筋の話なのかは分からない。トッコー崩れだよ……と、耳打ちする級友もいたが、僕は、その真偽を知ろうとは思わなかった。

この男が、生徒たちから《グンジ》、と呼ばれているのは、軍隊式の体罰方式をそのまま生徒の指導に持ち込んでいたからだ。《軍事教練》という言葉から取ったのかもしれない。屈強そうな男の名前を連想させる響きも、《グンジ》を通用させた要因だろう。しかし、わかっていたのはその響きだけであって、みんながこれを何かの漢字のイメージで呼んでいるのかは、僕は知らない。

以前、この教師による体罰の場面を、僕は目撃している。

入学したての昼休みに、二年生の男子生徒十数名が、教員室の横に広く空いている板張りの床に、腕立て伏せの姿勢で並ばせられていた。楔形文字の羅列のようなその間に、棍棒を持ったグンジの立ち姿が揺らめいていた。苦しさにたまらず浮かせた生徒の腰を、棍棒でこづき、つい床に落とす生徒の膝を蹴りあげながら、その上をまたぎ歩く。その時僕は、遠巻きに囲んでいるたくさんの生徒たちの隙間から、こわごわとそれを見つめていたのだった……。

出番となり、僕は父の薫陶そのままに演技した。

威張り腐り怒鳴り散らして、部下を苛め抜き、現地の子供たちを踏みつけ、殴り、打ち、蹴り上げた。部下に住民の殺害を命じ、時には自身も日本刀を振り回して殺した。虚勢を張り、無謀な戦術で多くの部下を犠牲にする一方で敵襲に震え、卑劣に逃げ回った。

その時の僕には父が演じていた師団長が、そっくり乗り移っていた。終盤でこの師団長は、自分が殺した現地人の亡霊に追い詰められ、泣き叫び、謝りながら命乞いをする。家での父との稽古はそこまでは行っていなかったから、その辺は自分の独創で何とかこなした。

しかしその後、稽古を重ねるにつれ、僕にはこの師団長役というのが、どんどん自分から遠ざかって行くように思えて来た。同僚や直属の上官役などは、自分でもわからないことはない。実際意地悪で残酷でひどい奴らばかりだ。しかし、この師団長の悪どさは、奥深いところで、その筋書きや台詞以上に醜悪であり狡猾であるように思え、手に負えない感じがするのだ。

こんなやつ、子供の自分にわかるはずがない……。

だからこいつそのものになって演じることは出来そうになかった。それでいいんだとも思った。ただ、家の二階で見た、父親の立ち居振る舞いなら、自分でも真似出来るように思えた。

あの、憎たらしくておそろしい父さんにはなれる。情けなく恥ずかしかった父さんにはなれる。大好きで、この世で一番いい人であるはずの父さんがなりおおせた悪いやつなら、その通りに出来る子ではいられる。なんと言っても親子なんだ。父さんのやった通りやっていれば、絶対うまくいくんだ……。

ずっとそうだった。

中学校入学直前から僕は、毎朝早くに父に叩き起こされて、初めて習う英語の教科書の、丸写しをさせられていた。勤め先から貰って来た、廃棄用の印刷物の裏の白紙に、何枚も何枚も鉛筆で書き殴り、丸暗記して書き捨てる。そうした特訓を、三か月ほどやり続けたおかげで、英語は僕の、得意科目のひとつになった。

そうやってなんとか、今の学業成績がある……。今回の師団長役もそうだ。父さんの言ったとおりのことをやっているだけで、秀でることが出来る。そんな僕がほかの、つまんない親の子供なんかに負けるわけはないのだ……。

勝者と教官

「きみが選ばれました。これはまだ内緒ですが」

目を床に落しながら、担任教師が、はにかむように僕に告げた。予選の実演が終わって三日後のことだ。

「そうですか」

何でもなさそうに応える。

「きみの役ね、ほかのクラスにもすごい子がいて、決めるの大変だったみたい」

「はあ」

そんなことがあろうはずはない……。

「そのほかいろいろあって、まずは、とりあえず、今度の月曜日に、出演者全員を集めます。どの役を誰がやるのかは、そのときに発表します。でも、師団長の役はきみで間違いないと思っていいです。月曜までは内緒にしておいてくださいね」

月曜放課後、選抜メンバーが初めて集められた。指導教師であるグンジが、全員を整列させ、一尺半ほど股を広げて突っ立っている。

この時の僕は、この男をそれほどに恐れるべき相手とは思っていなかった。

何せこの自分は学業成績がいいのだ。毎月末に行われる定期試験の成績発表で、全校でいつも、一桁以内に貼り出されている。聞けば、この三十代半ばの教師は、指導には厳しいが、国語という科目について、というより国文学についての造詣が深く、教師としての熱意も抜群らしい。生徒の実力を見る目は確かなはずだ。このクラスの教科を受け持っていないから、この僕のことをどこまで知っているかは知らないが、学業に熱心な教師が、利発な生徒を嫌う理由はない……。

一方で僕には、秋の文化祭のとき、この教師を訪ねてきた若い女性の記憶があった。それは今でも色鮮やかに瞼の内側にとどまっている。

「あの……」

紫の着物姿で、こけしみたいに校門前に立っていたこの女性は、たまたま通りがかった僕に向って、恥ずかしそうに、グンジの苗字を呼び捨てで口にしたのだ。

「今どちらにおりますでしょうか?」

僕はすでにグンジが、卒業生だった若い元教え子と結婚したばかりだ、という情報を級友から仕入れていた。だから、本当に二十歳にもなっていないようなこの、つややかで平坦な顔の女性を、瞬時に、いかにも、そのように合点した。そこで僕は、総身で気を利かせて、教員室にまでうやうやしくご案内申し上げたという次第なのだ。その時僕は、特攻隊の宿舎に、搭乗員である戦友の家族が、はるばる訪ねてきた場面を連想していた。

隣の家の若手俳優が、特攻隊員役で主役を張っていた映画を、ずいぶん前だが見たことがあった。駅前の電気屋が、自前で作ったというテレビを、店先で、買い物客に見せてくれていたのだ。

駅から撮影所まで貫かれた大通りに並行して、一本北寄りの筋に僕の家はある。界隈には、映画俳優とか、作曲家とか、大道具屋、小道具屋など、映画の仕事に携わる人たちが相当数暮らしていた。隣の、和洋兼ね備えた緑繁る豪邸に住んでいたのは、今をときめく若手映画スタアだった。

小さな画面の中でスタアは、突撃前夜、酒酌み交わす仲間の前では、豪壮に頼もしくふるまい、一方で、深夜一人になった時に襲い来る、家族や恋人への思い、死への不安、無念さをひたむきに演じていた。その舞台となっている三角屋根の木造兵舎は、みすぼらしくて悲しいものだったが、それらは、今のこの校舎のたたずまいに、実に似ていたのだ。映画の中で、その朝にすでに飛び立っていた戦友に、面会に来た家族に随行する、渡り廊下の風景は暗く長かった。今、グンジの新妻を教員室まで案内する、この元海軍倉庫の廊下も湿っぽくて暗い。

ドアから女性を送り込んで、うしろからグンジの様子を窺う。まずまずは、気の利いたことをしたのだし、結果を見届けるくらいの権利はあるはずだ……。

グンジが垣間見える。ぎょっとしているようだった。ちらと僕にくれた一瞥には、不満そうな気配さえあった。だが、新妻に、学校の教員室まで訪ねて来られた戸惑いを隠そうと、ことさらにぶっきらぼうに彼女に接しているような、グンジのそのときの姿は、中学一年の僕にいささかの好感を与えたのだった。こういうのを武骨というのか。結構気持ちに正直で、いいやつなのかもしれない……。

指導教師グンジは背筋を伸ばし、整列している出演者たちをじろりと見渡す。

「あなた方は、選ばれた人たちです。みなさん優秀ですから、選ぶのにそんなに苦労はしませんでした……」

思いがけず、丁寧な口調である。滑らかで、声の通りもいいが、妙に甘ったるくて粘りが強い。

「ただ、師団長役だけは、難しかった。ほんとうに、二人のどちらも捨てがたいものがあった。どういう芝居にしていくかの分かれ目を、私は感じました」

「それで……」

一呼吸置いてグンジは、列の反対側の、いちばん右端に立っている背の高い男子生徒を指差す。

「あなたは、師団長役にふさわしい演技をした。私のイメージにぴったりでした」

おや？、と思う。一瞬の静謐があった。

「それでも……」

今度は僕のほうへ顔を向け、そこでいったん顎をしゃくった。

「私は、今回の師団長役はこっちの彼にすることに決めました。どうにも仕方のないことだった」

これで最終決定だ。しちめんどくさい儀式だった。それにしても、仕方がないことってなんなんだ……。

「それで……」

指導教師は背の高い生徒へ顔を戻し、

「あなたには、酋長役をやっていただきたいのですよ。はじめ、みんなに伝えた話とは違うことになりますが。師団長とおなじくらい、いやそれ以上に重要な役です。これまで一生懸命やってくれていた各クラスの酋長役の者には申し訳ないのですが」

指定された生徒は長身を少し揺らした。びっくりしたようだ。てっきり師団長役で呼ばれたと思っていたらしい。

「これから、本番までに台詞を覚え込むのも大変でしょうが、あなたなら出来ると思っています。だからお願いするのです」

生徒はしっかりと顔を上げる。

強く発声したわけでもないが、低く、腹に染みとおるような声だ。ほとんどの男子生徒が声変わりを過ぎていたが、こんなに魅力的で、大人びた中学一年生の声を、僕はこれまで聞いたことがなかった。役柄を換えてまで、指導教師から重要な役を振り当てられた生徒を、

「ハイ」

僕は強く意識した。

一昨年、遠い北の国から、この地の小学校へ転校して来た生徒であった。同級となり、下校路が一緒だったため、僕はその生徒といち早く知り合いとなり、友人となり、世話役となった。背は高く、顔もスタイルもあか抜けていて、育ちのよさそうな振る舞いに加えて、学業成績も良かった。瞬く間に、クラスの人気者となり、一月後には六年生全学級でも一目置かれる存在となっていた。

その後、同じ地域のこの中学校に、ともに進学したのだが、教室は一階と二階に分かれた。各階に五クラスずつが配置されていて、当然に階の違うクラスの者同士が顔を合わせることは少なくなった。

登下校で時々見かけることはあった。だが、中学生になって、小学校時代の友人にわざわ

ざこちらから声をかけるというのも、なんとなく恥ずかしかった。いつまでも子供時代を引きずっているもののような気がするのだ。触れ合うことのないままに一年近くが過ぎていた。久しぶりに近くで見た旧友は、ずいぶんと大人び、声まで成長したようである。すでに違う人間であった。

「大丈夫ですね？」

念を押すグンジ。友は、

「台詞は、相手役のも大体わかります。練習しているうちに、自然に覚えてしまったように思います」

こしゃくなことを言う。グンジは満足げだ。

全員の配役が言い渡され、それぞれの名前とクラス名が紹介される。

役柄の変更は、師団長から酋長役に替わった生徒だけではなかった。参謀長役に指名された生徒も、クラス予選のときは、師団長役であった。ずんぐりした身体だが、いつも、模範解答がフロアに張り出されている男だ。ほかにも、主だった役のうちの何人かも、クラス予選の時とは違う役を配された。みなそれなりに、成績良好とみなされている連中だ。結局は、指導教師であるグンジのお気に入りが優先的に集められたように見える。師団長以外は……。

「おまえよう……」

並列に用を足しながら、前を向いたままの教師がつぶやく。一週間が過ぎて、稽古が終わった帰り際に、トイレでグンジと隣り合わせたのだ。

はじめて、おまえ、という呼び方をされたことに少し戸惑ったが、むしろ二人の距離が近づいたことの、証しのようにも聞こえた。

「おまえよう。初めておまえの芝居を見たときは、本当にびっくりしたよ。ぞっとするくらいうまかった。世の中にこんなやつがいるのかと……」

「そうですか。それほどでもないと思いますが」

「それで、だな……」

気持ちがにやつくのを悟られまいと、身を引き締める。

「はあ?」

一呼吸入る。

「最初の時から……」

「……」

「ずっとおまえはおんなじだな」

「へえ？」

何だかわからない……。教師は前を向いたままだ。

「最初の時からだよ、おまえ。それからぜんぜん変わってねえな。おれあそれもびっくりだ」

意外だった。言葉遣いが急に乱暴になったことで、得体のしれない異物が、腹部に差し込まれたような感じがしたが、それ以上に、言われた内容が唐突過ぎた。《変わってない》この意味がわからない。

稽古では毎日、ほかの誰よりも懸命に動きまわり、全力投入して演じて来た。いつも同僚から賞賛の目を向けられていたはずなのだ。事実、指導教師たるこの男から、振付や台詞回しについて、助言や注文を受けたり、演技指導めいた扱いはまったくなかった。むしろ、どうにもならないほかの演技者の動きに対して、出しゃばりと思われない程度に、気の利いたヒントまで言ってやって、当人だけでなく、指導教師のまさにこのグンジからも感謝されたくらいなのだ。

「はあ、そうですか……」

当惑する僕をおいて、グンジは教員室に戻って行く。

翌日の放課後、稽古に行こうとして僕は、担任の女性教師に呼ばれた。

「きみね、昨日、指導の先生に、叱られたんですって？」

あの、グンジとのやり取りが、頭に浮かびはした。しかし、叱られた、というのとも違うように思える。

「別に、叱られたということはありませんよ……」

女性教師は、目の前に立ったまま動こうとしない。

そこで念のために言っておくことにした。自分としては大したことではないだけに、わざわざ隠しているように思われたくなかった。

「ただ、用足ししている時に、『最初の時からおまえはおんなじだな』と、言われただけです」

教師は、緊張すると顎をしゃくるいつもの癖を出した。

「それは……、叱られたことになります……」

口元を緩めてはいるが、押し殺すような声だ。ことの深刻さをやわらげていることをわかって欲しい、と言わんばかりである。僕は、戸惑って付け加える。

「いえ、ただ、あの先生の個人的な感想みたいなものを聞かされただけ、と思いますが」

何でこんな話になるんだろう……。

グンジのあのときの言葉が、自分を叱っているもののようにはとても思えない。漠然とした個人的感想に過ぎないじゃないか……。

それにしたって、どうして、担任教師がこんなことを知っていて、それをこの僕に、わざわざ言うのか。演技指導の教師が、いちいち担任に伝えなければならないほどの話だったのか。それとも、へたくその誰かが僕をやっかんで、担任に言いつけたのか……？

《そんな話、どこで聞いたんですか……？》

訊こうとしてやめた。もともと自分に有利でなさそうな話である。負い目をすりかえるやり口のように、思われたくはない。

《おまえは、ぜんぜん変わってねえな……》

思い返してみても、心当たるものがない。自分の演技の、一体どこが悪くて、どうすればよかったというのだ……。

うつむいて、自然に、膨れ面になったのだろう。

「そういう態度なのよね。きみは……」

教師の口調が改まる。

「ねえ、きみ」

「はあ？」

「きみは、成績もよくて、いつも冗談ばかり言って、みんなを笑わせて、人気者なのに
……」

「？……」

「どうして学級委員に選ばれないんだと思う?」

なんでこうなるんだ……。思わず苦笑いが出た。

「これは大事な話です」

真剣だ。大きく見開いた黒目から放たれる光が、こちらの反応をうかがっている。まつ毛が濃い。僕はあわてて真顔を取り繕った。

「いや、ただ、どこか信頼されてないからだと思いますけど」

本音かどうかは自分でもわからない。言ってみただけかもしれなかった。

「ふまじめに見えるのかな?」

つい余計なことを付け加えた。ふわっと体が浮いたようだった。教師は見逃さない。

「そうよ。まじめであるべき時には、まじめになれなくちゃだめだ、ということなのよ。それで……」

「きみには何かが欠けているのよ。みんなにそう思われてるのよ。それは……」

畳み込みかけて、急に止まった。なにか気づいたらしい。

「ともかくがんばってください。クラスのみんなが期待しています。チャンスを生かしてください」

ことさらな晴れやかさが声に籠っていた。

しかし、なんのチャンスなんだ……。主役をちゃんとやること以外の意味がどこかにあるのか……?

「きみは、本当は素敵な子なんです。先生は知ってますから……」

言い残すと、強い足取りで、教師は行ってしまう。本当は……って?

稽古場になっている教室へ入る。担任の説教のせいで少し遅れたかなと思う。しかし、いつもどおり、僕が一番目だった。後から入ってくる生徒たちの役を確認しながら、僕はすでに待機しているグンジが、自分に何か言うであろうと身構えた。

だが、なにごともなく稽古は始まり、終わっていった。終了後も教師は、机に向かって、なにやら作業をしている。僕は居残ってみた。

生徒が僕一人になった。

「じゃあ、先生、帰ります。さようなら」

反応をうかがう。何か言うはずだ……。

「はい」

相手はこちらを見ない。それだけだ。

湖畔の祭り

がらんどうの構内に立って見上げると、左右からせり上がった屋根板が、頂点でやっと支え合っている。板張りの四方の壁は縦横に隙間が走り、コンクリートの床に土埃りが舞い込む。

本番の会場となるその体育館も、旧海軍倉庫のうちの一棟だ。正面前方に木製の舞台がしつらえてある。入学式も、卒業式もずっとここで行われて来た。

学芸会は三月なかばである。館内はまだ寒い。

一年前に僕が卒業した小学校には、まだ講堂も体育館もなかった。学芸会は、二クラスごとに合同で、教室で行われていた。だから、学芸会の常連であった僕にとっても、これほどの大きな舞台で、大観衆を一堂に集めて演じるのは、この日が初めてである。

舞台から見る景色は独特のものがある。照明が、四方からおのれに向かって交錯する。照りつける光の壁の向こうは闇である。舞台からはほとんど何も見えない。自分は見る側でなく、ただ見られているだけの存在であることを思い知る。演技者とはまさに特別な存在なのだ。

それでも、手をかざして光をさえぎりながら、目を凝らすと、たくさんの黒い影が、じっとうずくまって、こちらを凝視しているのがわかる。暗がりから、黒光りしたような視線が幾重にも放たれて、総身に突き刺さって来る。ときおりささやき声が、カサカサと枯葉のような音を立てるが、全体は、重たく沈黙している。その巨大な闇の塊が、役者の出来具合に対する総攻撃の時を、息をひそめて待っている。

すでに、劇《オコロ　ポーノレポイ　ガニエワ》は、終盤の佳境に入っていた。

これまで、現地人を打ち、殺し、暴虐の限りを尽くしていた師団長が、戦争に負けていち早く逃げ出し、今はあてどもなく森の中をさまよっている。いつのまにか、部下たちともちりじりとなり、ついには、見たこともない湖のほとりに、一人で迷い出た。そこで師団長は、突然、自分が《土人》と呼んでいた現地の村人たちに取り囲まれる。

師団長は、例によって軍刀を振りかざして、村人たちに飛びかかり、切りまくる。しかし、この日はどういうわけか、誰も倒れない。死んでくれない。突然彼は、取り囲んでいる影が、自分がこれまでに手をかけた、村人たちの亡霊であることに気づく。恐怖に駆られて、ところかまわず、軍刀を振りまわすが、切っても切っても相手は倒れず、いなくならない。逆にどんどん囲みを狭めてくる。誰もが意味不明な言葉を発している。

「オコロ　ポーノレポイ　ガニエワ……」

「オコロ　ポーノレポイ　ガニエワ……」

呪文のように唱え続ける亡霊たち。疲れて崩れ落ち、ひざまづく師団長。

「わあ、たすけてくれ」

ざわと集団が割れて、舞台中央に開かれた通路から、長身の男が現れる。台本に《酋長》と書かれていた老人の出番だ。その毅然とした姿勢は、族の長としての威厳をまとっている。

「おまえは、われわれを殺した……」

「父を殺し、母を殺し……」

「妻を殺し、息子を殺し、娘を殺し……」

「老人を殺し、若者を殺し、子供を殺し、赤ん坊を殺した……」

声は朗々と響く。

「われわれの、親族を殺し、種族を根絶やしにした……」

「おまえはその報いを受けなければならぬ。お前は死なねばならぬ」

確か、この族長は相当な老人のはずだ。しかし、その声は低く太く、決して皺枯れることなく、舞台を越えて体育館じゅうに響き渡る。

「おれが悪かった……」

たまらず、師団長が叫ぶ。

「ゆるしてくれ……。本当に悪かった……」

「かんべんしてくれえ……。たすけてくれえ……」

床に突っ伏して泣き喚く。クライマックスそのものである。

「ユルシテクレエ……。タスケテクレエ……」

何かが僕の身に起こっていた。

「オレガワルカッタ……。カンベンシテクレエ……」

妙な感じなのだ。肝腎のクライマックスの真ん中で師団長の僕は、それまで味わったことのない不思議な感覚に襲われていた。

「ホントウニスマナカッタ……。ユルシテクレ……。オネガイダ……。タノムカラ……」

突っ伏したままの僕の耳に、自分が発した声が、いったん遠ざかりながらゆっくりと戻って来る……。片仮名になって響いて来るそれらは、おそろしくよそよそしくて、しらじらしい。こんなことは初めてだ。

切って、刺して、撃って、絞めて、吊るして……、殺して殺し抜いたものたちの亡霊に取り囲まれ、怨嗟の中で今にもとり殺されようとしている場面である。恐怖と絶望の極致にいるはずなのだが、僕にはその実感が全く沸いて来ないのだ。さっきまでは、すっかり師団長になり切って、手ごたえ十分に暴れまわっていたのだったが……。

全力で泣いて、呻いて、叫んだ。犯した罪の重さに怯えてみたし震えてもみた。生まれて一三年間の自分の、体内にたまっていそうな不安と恐怖を存分に掻き溜めて、吐き出した。しかし、

「オレガワルカッタ」

一本調子のその声は、ゆっくりと空をさまよい、再び僕の耳に貼りつく。現地人の怨嗟の声に混じりながらもはっきりと、自分の声の無機質さが、僕には寒々と聞き分けられてしまう。

「ユルシテクレエ」

さわさわとしたその声は逆に、僕自身をからかっているようだ。

これではだめだ、こんなのじゃない……。どうしちゃったんだ今日は……。

「老人を殺し、若者を殺し、子供を殺し、赤ん坊を殺した」

相変わらず族長の、呪いを籠めた大声が響きわたる。

「われわれの、親族を殺し、種族を根絶やしにした」

「おまえはその報いを受けなければならぬ。お前は死なねばならぬ」

しかし、僕には実感出来ない。人が死んだこと、殺したということ、そしてこの自分が死ぬということがわからない。急にそのことに気づいてしまったもののようだ。

稽古の時はそんなことはどうでもよかった。殺したり死んだりするなんてなんでもないことだったのだ。それが急に、本番のこの場面で、今生きているという確かな手ごたえと、実際に死ぬということとの隔たりみたいなものが気になりだして、気持ちが入らない。役が自分に、自分が役に届かない……。

《ねえ、死ぬってどういうことなの……？》

幼い時、洗い物をしている母に聞いた。母は、息をつめたように僕を見つめ、何も答えなかった。そのあと黙って水道の蛇口から流れる水を見ていた。あの時の母は、急に知らない人になったようだった。あの日から、もうこの話はするまいと思った。

考えてはいけない。わからなくていいんだ……。

「オコロ　ポーノレポイ　ガニエワ……」

「おまえは死ぬ……」

村人たちの唸り声が聞こえる。自分は今、まさしく死ぬのである……。

ここは森の湖のほとり……。小学五年生だった夏に、一つ年上の、姉の同級生が溺れて死んだ。

隣の古都との境にある山の、奥まった森の中に、古くて小さいが深い池があった。蝉の声しか聞こえない水の上を、男の子が泳いでいた。水面に顔をうずめ、それから少し潜ってみた。足が水草に絡んだらしい、浮かび上がれなくなり、水中で宙ぶらりんになって、そのまま死んだ。水面からほんの二〇センチくらいのところに、坊ちゃん刈りの髪がふわっと浮きあがって見えたという。苦しくてもがいたのだろうが、波も泡も立たず、誰も気づかなかった。湖はその日も徹底して沈黙していた。姉がその子の家にかけつけたときに、遺体にしがみつく母親の姿を見ている。起きてよお、ねえ。起きてちょうだいよお！　なにしてるのよお……。取りすがる母親の下にいて、仰向けのその子は、ただ寝ているだけのようだったと、姉が言っていた。ピンク色の頬だったとも。でも、本当に死んでるだもんね。もう戻って来ないんだもんね。ぜんぜんわからないの。どうしちゃったのか、どこへ行っちゃったのか……。

そうなんだ。死ぬということは生きている人間には、絶対にわからないことなんだ。死は無だとか永遠だとか、わかったように言う人もいるみたいだが、死も無も結局は、生きているこちら側で言っているだけのことなのだ。

「オコロ　ポーノレポイ　ガニエワ……」

「オコロ　ポーノレポイ　ガニエワ……」

村人たちの声が迫り、重なり合う。

「ユルシテクレエ　オレガワルカッタ　カンベンシテクレエ……」

自分の声が何枚もの、乾いた紙の断片となって、空しく周辺を浮遊し、再びまとわりついてくる。なんなんだこの感じは……。

「ママサン　ダイジョウブ　タクサン　ブラス　ステイ……」

唐突に、頭蓋の裏側を、別の片仮名の一行が通り抜けた。それは、この芝居の台本を手にしたころから、呪文のように僕に取りついて離れない、気味の悪い文字列であった。

ひと月前、駐留軍の兵隊が、占領している演習地で、一人の中年女性を撃ち殺した。二〇歳くらいの白人兵だという。そのニュースを、僕はラジオで聞いた。

「これが今のこの国なんだよ……」

翌日朝食後、新聞から顔をあげた父の目が、息子の僕を刺していた。母が泣いている。新聞配達を始めたばかりの時だった。最初は小さかったその記事は、その後だんだんと、大きく写真入りで紙面を占めるようになった。

銃撃の演習中にこぼれ落ちた空薬きょうを、わずかな生活費稼ぎのために拾っていた女性を撃ち殺しておいて、この金髪の兵隊は謝るどころか、自国の軍の財産を守るためだったとか、基地内に入った女性が悪いとか、平然と言っているという。

「ママサン　ダイジョウブ　タクサン　ブラス　ステイ……」

「ゲラル　ヒア！」

近くの壕に空薬きょうをばら撒き、こっちにたくさんあるよ。大丈夫だから取りにおいで、と女性を呼び寄せ、突然、出て行け！　と怒鳴って、壕から飛び出して逃げていく女性の背中に、至近距離からこの兵隊は空薬きょうを撃ち込んだのだ。

事件のあらましを理解したとき、僕の顔は真っ青だったという。震えが止まらない。僕の頭の中でこの女性は、どういうわけかモンペをはいた割烹着姿で、頭に手拭いを巻いている。僕の年齢から見ると、おばさんと言うにふさわしい女性の、白い背中が、脳裏に揺れる。

おばさんは、金髪の若い兵隊のすぐ前を走っている……。白く透き通った肌の、まだらな赤みを顔に残した兵隊が、八人もの家族を抱えた貧しいおばさんの背中に、薄ら笑いを浮かべながら、銃を向けている。一瞬笑みの消えた兵隊の銃から、実弾ではないが十分殺傷できる空薬きょうが発射される。一発目は外し、じわじわと獲物を追い込む喜びを兵隊は堪能する。二発目できっぱりとしとめた。狩であり、処刑であった。なお、この若者にとっては遊びであった。この若者は、値の張る実弾を用いることなく、おばさんたちが拾っていた当の、使用済みの空薬きょうでことを済ませたのだ。兵隊は遊びでおばさんを狙い撃ちして殺し、おばさんのほうは遊びでなく、現実に、具体的にこの世から消された。

若い兵隊の善意を信じて呼び寄せられたおばさんは、自分の身に起きつつあることを、瞬時には理解出来ない。想像を絶する恐ろしいことらしい……。逃げて、逃げながらもう一度振り向いて、すぐそこの、自分に冷たく照準を当てている銃口。殺されることへの決定的確信。一発目の銃声がして、自分に当たっていないことに対する、なお絶望的な期待。二発目の、背中への衝撃。弾の食い込む激痛。つんのめって倒れ、意識が遠のいて、それが消えてゆく瞬間の悲しい真実……。おばさんのその、恐怖と絶望の度合いに比例して、この兵隊の快感度はつのるのだ。おばさんは撃たれて、死ぬほど痛くて、苦しくて、どんどん死んでいって、ついに、他人でも自分でもわからない向こう側に行き着いてしまった。空薬きょうを呑み込んで、こっち側にどろりと残され、すでに物体化した確かな遺体……。自分の死という事実すら、その死のかたちすら、すでに当人のいないこちら側にある。どんなだったんだ。死にながらおばさんはその時何を見たんだ……。

「ママサン　ダイジョウブ　タクサン　ブラス　ステイ……」

若い、子供みたいな白人兵が、わたしを呼んだ。空薬きょうを拾うことは、危険なことだし、やってはいけないことになっていることは知っていた。ついこのあいだも、破裂事故で何人もが死んだ。それでもやめられない。これを拾って集めて売れば、わずかばかりの金になり、生活の足しになる。これまで死人が出ても、わたしの周囲でやめる者はいなかった……。二人の若い兵隊が最初に、基地の中にいるわたしを見たとき、咎められるのかと思った。言われれば、すぐやめて外へ出ようと思っていた。でもこの人たちは何も言わず、見てみぬフリをしてくれている……。わたしは、しばらく遠くで様子を見ていた。それから、背の高い、細面のほうの兵隊が、大丈夫、こっちにたくさんあるよ、とわたしを呼んでくれた。何の屈託もないその顔はにこやかでやさしく、むしろかわいらしくもあった。手を大きく振って、わたしを招いている。わたしは、安心して彼らのそばに行った。どうしてか、兵隊の周りに、空薬きょうがたくさん落ちていた。兵隊の指差す方向は壕の中だった。もっとたくさん、その中に、ブラスがあるのだ……。わたしは、うれしくなってかがみ込み、壕に下りた。とたんに、ゲラル　ヒヤ！　と大声がした。はじめは、何か兵隊が、危ないものでも見つけて、気をつけろ、そこから出ろ！　とわたしに言ってくれているのかと思った。振り向くと銃がこちらを向いている。びっくりして、壕から這い出し、なんだかわからないままに、怖くなって走り出した。兵隊は追ってくる。ゲラル　ヒヤ……！　でも、まだその時は逃げて、演習場から外へ出れば、すべては終わると思った……。一発目の弾が飛んできて、すぐ横の石に当たった。ああ、これはほんとのことなんだ、殺される！……それでもまだ思おうとした。こうやって、わざとはずして、追いまわして、脅かして、外に追い出しさえすれば気が済むことなのかもしれない……と。

　でもそうじゃなかった。すぐに二発目の発射音がして、ものすごい衝撃と、言いようのない激痛がわたしの背中から入り込み、何かがゆっくりと心臓近くに届いて、そこで止まった。わたしは今、確実に死ぬ……。まさか、わたしの息子のような兵隊が、こんな恐ろしいことをたくらんでいたなんて……。空薬きょうを拾うことが、撃ち殺されるほど悪いことなんだろうか。この演習場が作られたとき、わたしの家は、農地の三分の二を接収された。あげく、実弾演習のために、炭俵を作る材料が使えなくなって、代わりに、ずっと薬きょう拾いをやってきて、糊口をしのいで来た。そのために、わたしは殺されるというんだろうか。必死に生きて来て、こんなふうに……。亭主も、子供たちも、わたしの近しい人たちは、みな、今、わたしがこんなふうに死んで行っていることなど、知らない。知っているのは、今死んでいくわたしを、しとめた獲物のように見つめている、この、オモチャのような白人兵だけだ……。これは現実のことなんだろうか、何かで見た芝居の中の出来事ではないのか。いつも、ここに来るたびになんとなく恐れていたわたしの、妄想ではないのか……。

「ママサン　ダイジョーブ　タクサン　ブラス　ステイ……」

　なんと薄ら寒い響きだろう……。

新聞に書かれていた片仮名の羅列が、ぞろりと、百足のように目から入り込み、僕の脳の襞を這いずる。

人間というのは、ここまで残酷で、醜い存在になれるのか。それも、こんなにあっけらかんと、明るくやりおおせるのか。一方で人間は、こんなにも深い絶望の中で果てるようなことがあってしまうのか？　死んだものの気持ちや、殺した側の気持ちなどどうやったって僕には実感出来ない。それを、実感している者のように、わかりやすく振る舞うことは許されないのだ……。

急に僕は、この師団長という男は、何歳くらいなんだろうと思い始めた。自分が今まで、そんなことも知らずに、平然と師団長に成りすましていたことに気づく。

年寄りか、中年か、師団長なんだからそう若くはないだろうが？　家族はいるのか？　奥さんや、子供は？　子供は僕と同じくらいなのか。そうすると、こいつは父さんと同じくらいか。こんな悪いやつが父さんと同じくらい？　戦争中、父さんも、確か出征したはずだ。

隣国の大陸にある、鉄道会社に勤めていた父さんは、そこから入営しているはずだ。しかしかし、戦地まで行ったという話はなくて、突然帰って来ちゃったのだとか、そんな母さんの話を聞いたように思う。なぜだかわからない。もしかして父さんも、人を殺したことがあるのか……？

目の前で、演技をしてくれたときの、父の不気味な感触を思い出す。僕はずっとそれを真似して、ここまで来たのだ。

そう言えば、だいぶ前から、父の手ごたえがない。舞台にいる間じゅうずっと肩の回りにへばりついて、一緒に動き、叫んでいた父の気配が、この、湖のほとりでは、消えてしまっている。これまでこの舞台での僕の声も、その振る舞いもみんな父のものだった。

なのに今、亡霊の、怨嗟の中に取り残されているのは、いつもの、ただの中学一年の坊主頭に過ぎない。何の取り柄もない……。

こんな時に、僕の父さんはどこに行ってるんだろう……。


「ユルシテクレ」

声がかすれ、途切れ途切れになって来た。

「おまえは死なねばならぬ……」

族長の声がびんびんと耳に響く。

これは老人の声ではないぞ、幽霊の声ではないぞ、あまりにも力強い……。

以前、クラスの友達に取り囲まれたことがある。「決闘」の遊びだった。それが、知らないうちにほんとのことになっていて、代わる代わる殴られた。いつほんとの喧嘩になったのかわからない。ただ、最後に出てきて、僕をしたたかに打ちすえたのは、それまで親友だと思っていたこの族長役の転校生だった。転入して間もないこの生徒は、僕の知らないところで、とっくに、こういうふうにこのクラスに、馴染んでいたのだ……。

別の時に、知らない年上のやつにいきなり、駅裏の廃材置き場に連れこまれて血だらけにされたこともあった。そんな時いつも僕は、なんとなく自分がなんかの芝居の中に居るような気がしたものだ。

「タスケテクレエ　オレガワルカッタ　カンベンシテクレエ」

また僕の声だ。棒読みで、機械的で、実感も熱意のかけらもない。そして、頭の中ではまったく別の文字列が、あざ笑うように渦巻く。

「ママサン　ダイジョーブ　タクサン　ブラス　ステイ」

そうなのだ。強いものが弱いものを殺そうとする時、相手を人間だなんて思っちゃいない。殺すことなんて普通で、何でもないことであって、あるものにとっては仕事であり、あるものにとっては遊びなのだ。後悔したり謝ったりするようなことじゃないのだ。本当の人殺し野郎は絶対に謝らない。謝れるわけがないし、謝ってはいけないのだ……。

師団長の周りで、亡霊たちの声が低く高く、響き渡る。

「オコロ　ポーノロポイ　ガニエワ」

意味は、まったくわからない。最初からわからなかったし、グンジもほかの教師たちも教えてくれなかった。僕もそれを訊かなかったし、ほかの出演者の誰もが訊かなかった……。

「オコロ　ポーノロポイ　ガニエワ」

すでに、僕には、発するべきどんな言葉もなかった。身体は四つん這いに固まっているが、気持ちは、取りとめなく、頼りなかった。これまでというもの、これからというものが、はるかに遠ざかって行ってしまったように思える。今という毎日を平気で生きていることへの、手ごたえが薄れ、無限のようなものに試されているような感じだ。全身が綿のように四方に引き伸ばされていく。

「タスケテクレエ」

手元の床が、うっすらと白く浮かび上がる。淡い光があった。舞台を照らすライトではない。舞台の袖口の奥の窓から、カーテン越しに差し込んだ外光が、僕の手元にまで届いているのだ。四つん這いの脇の下から、光の来る方角を僕は覗き見た。何かが網膜に映し込まれた……。

ぽっかりと浮かんだ空白の中に、両足を踏ん張って立っている黒い影があった。戦闘帽をかぶり、ゲートルを巻き、腰に日本刀を下げている。顔も目も見えないが、その影と僕の、双方からの視線が、一直線上でぶつかり合ったことを僕は知った。すっとグンジの気配が過ぎた。息苦しさに、大きく息を吸い込んだ時、周囲の景色が影もろとも、すっぽりと僕の体内を満たした。恐怖がずんと後頭部を突き抜け、手足が長々と床板に伸びたと思った……。

「オココロ　ポーノロポイ　ガニエワ」

亡霊たちの分厚い囲みが、師団長に向かって縮み、ついには覆い尽くす。客席からその姿はすでに見えない。

「オココロ　ポーノロポイ　ガニエワ」

呪文のような合唱は、大音響となって客席へ流れ出す。

「オココロ　ポーノロポイ　ガニエワ」

広がった呪文は、満場を揺るがす。

「オココロ　ポーノロポイ　ガニエワ」

響きが頂点に達した時、全ての照明が消える。

闇。

そして沈黙。

拍手がまばらに立ち始め、交錯する。間を置きながらそれは響き合い、力強く広がって行く。そして地鳴りのような万雷の拍手へ。

再び点灯したライトに照らされて、出演者全員が舞台正面に並ぶ。フィナーレである。僕は、村人たちに引き起こされ、列の真ん中に連行される。一段と盛り上がる拍手。しかし僕は、ほかの出演者のように客席に向かって手を振らない。お辞儀もしないし、笑いもしなかった。出演者のだれよりも小柄な主人公が、弱々しくも、威張り腐ってふんぞり返っている。

悪党で人殺しの師団長なら、それらしく最後まで、傲然としているべきだ……。最後のところはよくわからなくなってしまったが……。それに、幕引き後だからと言って、客席に笑いかけるなんてのは、三流役者のやることだ……。

舞台が撥ね、出演者たちは、自分のクラスの生徒が並んでいる座席に戻った。その後ろに、家族用の客席がある。椅子に限りがあり、相当数の親たちが立ち見をしている。僕は、自分の席に戻る前にいったん最後尾に行って、父親を探した。母が立っている。

「見てた？」

「見たわよ」

「父さんは？」

「終わるまで見てたわよ。ちゃんと」

「何か言ってた？」

「いえ、居なくなっちゃったみたい。何も聞いてないわ。帰っちゃったのね」

少し落胆し、思い直して訊いた。

「母さんは？　どうだった？」

沈黙があった。

「すごかったわよ。そりゃあ。あなた……」

「……」

「でもね……」

「なあに」

「私はね……」

「なんなの」

「上手すぎて、見ていられなかった。かわいそうで。ほんとにあんな悪い人みたいで。あんなに憎まれて、責められて、謝らされて……。優しくて楽しい、いい子なのに……」

床のコンクリートに目を落としながら言う。

「周りのお友達がね、殺せ、殺せ、そんなやつ、と言うのよ。嬉しそうに笑うのよ」

母の声は震えている。

「いやだった……。ほんとに……」

それから、気をとり直したように顔を上げた。

「いえ、あなたは、ほんとにお上手だったわ。立派でした」

母を喜ばせることは出来なかったようだ。これだけ喝采を受けているのに……。

こんな母にどう対応していいか分からない。

「だって、みんな父さんに教わったんだ」

馬鹿なことを言った。でも僕は、父が、自分のそばからいなくなったあとの、最後のシーンのことは言わなかった。

説明出来ない……。

「そうよね」

母は出口のほうに目をやる。

「でも、なぜ帰っちゃったんだろう……」

「うん……」

「やっぱり、いやだったのかな……」

第二章　難破少年

床の上

教員室の横に広がった板張りのフロアに、僕は正座していた。中学二年に進級して数週間後の昼休みだ。

去年、入学したての春に僕は、犯罪者のようにここに座らされている上級生のワルどもを、級友の頭越しに見ていた。あの時の僕は、当然、自分はこういうこととは無縁の人間だと思い込んでいた。しかし一年後の今日、周りを見渡せば、一緒に座っているのは、同学年の男子生徒十数名で、このような処遇を受けるのにふさわしいと、誰もが合点出来るやつばかりだ。

左隣に、同級生の小遣いを巻き上げているとうわさのある、名うての乱暴者が座っている。町の南の山裾にある小学校から来たという生徒だが、やたらと手が早く、その悪名は一年の時から、学年じゅうに鳴り響いている。背丈は僕より少し高い程度なのに、なぜそんなに喧嘩が強いのかわからない。僕と同じ坊主頭で、着ている学生服も、同じように古びたものだ。前のめりに座っていて、上目づかいの、反抗的な顔付きに少し力みがあり、なにやら口を動かしているが声は出ていない。

右隣は長身の、これも坊主頭だ。ズックのような生地の、ぴっちりとした空色のズボンをはき、四月下旬にしては少々厚めの、派手なジャンパーに身を包んでいる。不良どもの間で、はやり始めたばかりの、マンボスタイルだ。坊主頭はほかと変わらないが、彫りが深くて小さめの顔の、目元が涼しい。一年の時、僕と同じクラスだった生徒で、いつも、ストーブの周りを占領している仲間の中心にいた。

一度、その生徒の手下のように立ちまわっていた、靴の裏のような顔立ちの坊主頭と口論になったことがある。その時、色白で、唇の赤さが妙に目立つ相手のおでこ付近に、僕の拳固がこちんと当たり、直後にストーブの周りに呼び出された僕は、この長身のジャンパー男に、見下ろされながら問われた。

おまえ、おれたちに何か言いてえことがあるんだって……？　口もとに微かな笑いがあった。いや、そんなことはないよ……。続けて、相手がどのような事実を突き付けてくるのかを、僕は待つ形となった。ふうん。まあ、いいけどよ。おまえ、気をつけろよ、なあ……。

おまえ、の部分が強調されていた。見下ろす目にはすでに、笑みはなかった……。

今、この生徒からは、己が置かれている境遇に戸惑っている気配は、毫も感じられない。不満げな素振りもなく、淡々と前を見ている。さすがは、本物のワルだ。こいつは自分がワルだと認識しており、周囲からワルに思われていることを承知している。そして、ワルに課されるべき運命としてのこの処遇を平然と受け入れている。いさぎよい。腰の据わらない僕などとは、もともと住む世界が違っている。これほどのやつらとこんな自分が同格にされているなんて……。

二年生になって、僕の担任となったのは、数学専攻の男性教師である。やせぎすで背の高いこの教師の、ふふさした頭髪には、白さが目立ち、五十歳をいくらかは超えていると思われた。薄縁のメガネが高い鼻に形よくおさまり、物静かなそのたたずまいは、清廉で高潔な人格を表していた。

隣町が、この国で有数の古都ということもあり、この学校にも寺の僧侶を兼任している教師が結構いる。いや、元々の僧侶が、教師を兼任していたと言うほうが正しい。坊主頭ではないこの新しい担任も、どこかの住職だということだ。

弁当をすませた僕がこの担任から、教員室横のフロアに行け、と命じられたのはついさっきのことだ。首をかしげながら出向いた先に、口ひげを蓄えた男が、棍棒のようなものを右手に持って立っていた。言わずと知れたグンジである。すでに、先達が横並びに、正座させられている。特に、場所が指定されているわけでもなさそうなので、僕は、二列目の隙間を押し開けて、もぞもぞと座ったのだ。

ちらと僕を見るグンジの視線が、僕の微かな期待を素通りして過ぎる。目を止めるほどのことでないというように。つまり、僕がこんなふうにここに混ざっていても、世間では何の違和感もないということだ。ふわふわと体が浮く感じで、落ち着かない。僕は今、どういう人間になってるんだ……？

おまえ達が、どうしてこんなことになっているのか、自分でわかっているはずだ……。グンジの声が頭越しに響く。語尾がゆらゆらと揺れながら遠ざかる。水の中にいるようだ。一人ひとり、日ごろの自分の素行について考えてみろ、おまえ達はもう二年生だ、下級生が出来たんだ、今までのようではいかんのだ……。

後は何も言わない。棍棒を杖代わりに、列をまたぎ歩いている。すでに、多数の見物人が取り巻いている。同級の生徒がすばやく僕を見つけ、視線を外すことなく、なにやら隣に言葉をかけている。その姿は僕とそいつが、既に別の世界の住人であることを、周りに思い知らせているみたいなのだ。

この三月の学芸会で主役を張った僕は、全校で誰よりも、顔の知られた存在になってしまっていた。それが、わずか一月後には、刑場に引かれた罪人まがいの姿になって、衆目にさらされているのだ。勢い、生徒たちの目を惹く。少年期のその、有り余る好奇心の、格好の餌食になっている。

舞台の時と同じように僕は、観客のすべての視線が交差する中心にある。なんとなく、今度はこういう役なのかと思っている自分を感じるが、今はどうやら、まさに現実の、学校の床板の上ということなのだ。

昼休みは一時間だ。その間、見物人たちは、順々に罪人の前に現れて立ち止まり、驚き、納得し、去って行く。旧海軍の軍用倉庫の内側に、わずかに手を入れて、校舎の体裁を取り繕っただけの建物だ。フロアは当然に薄暗い。窓から差し込む光は、直線的かつ局地的に、くっきりと明暗を作り出している。生徒たちのほとんどが坊主頭であり、薄暗い空間に、スポット的に、頭の塊が白く浮き上がっている。

グンジが腕立て伏せの指示を数回出した。並んで伏せっている姿は、以前あっちから見たときは楔形文字の羅列に見えたのだが、今、見物しているみんなの目に、僕はどう映っているんだろう……。

授業開始時間が迫り、見物人が去り、グンジの声が届く。立て……。みな、もそもそと立ち上がる。教室にもどれ……。何か解決したとは思えないが、とりあえずは終わったようだ。集団についてゆこうと、足を片方ずつ振って痺れを解いていた時だ。

おまえは、こっちだ……。目の前でグンジの声。後ろを振り返るが誰もいない。僕を連れて教員室の扉を開けるグンジに思わず訊いた。僕は？　授業は……？

余計なことは言わんでいい。中に入れ……。

教員のほぼ全員が、まだそれぞれの座席にあるようだ。入って来た僕に目をくれるものもいるが、声はなく、特別な仕草もない。入り口付近に、担任の数学教師が座っている。ははあ、担任に呼ばれたのか……。

その時まで僕は、今日のこの、自分に対する懲罰のようなことは、クラス担任との関係で扱われるべきもののような気がしていた。担任がこの理由を、自分にもわかるように話してくれるに違いない。それで、教員室へ連れて来られたんだ。思い当たることはないし、たぶんたいしたことではない。認めるべきは素直に認めればいいだけだ、これで解決だ……。

急に、いつもの自分の世界への戸口が見えたようだった。

先生、どうも……。僕は担任教師に向かって挨拶した。呑み込めていないにせよ、名誉ではない事態であることは確かだ。殊勝な顔つきを崩さないようにしたつもりだ。しかし、初老の教師は、横を向いたままだ。

その右は、一年の時担任だった若い女性教師の席だ。こっちのほうは、大きな目を見開いて、訴えるように僕を見つめている。今は、きみの担任じゃないのよ、何もしてあげられないわ。でもわかって頂戴ね。きみ自身のことなのよ……。

こっちだ……。グンジが、自分の机の方を指さしている。

この時、僕の胸の中には、グンジに対して、期待というほどではないにせよ、楽観的で前向きな気持が、確かに残っていたと思う。

そもそも、この教師と僕の間には浅からぬ縁があるのだ……。ひと月前の学芸会で、喝采を浴びた演劇の、監督であった教師と、主役を張った生徒との関係である。舞台は好評だった。それは間違いない。だから当然二人の間に、目に見えぬ信頼関係が出来ていると考えていいはずだ。それに、二年になってから、自分の国語の担当はグンジに替わっている。この僕が国語の成績も良好なのはもう十分知っているはずだ……。

指定された場所に僕は突っ立っている。

グンジが言う。何してるんだ、そこだ……。はあ……？　見回すが、空いた椅子はない。グンジの指先は斜め下の床板に向けられている。こらあ、ボーっと突っ立ってるんじゃねえよこの野郎、そこだっつってんだろうが……。暗い怒気を含んだ声は、まぎれもなく僕一人を照準にして発射されている。僕はたじろぎ、瞬時に察知した。すでに、すべてが違っている。ともかくとてつもなく悪い状況なのだ……。

指された場所に目をやると、床板の継ぎ目がずれていて、一部が盛り上がっている。膝や脛がそこに当たらないように、ゆっくりと、注意深く座る形となった。こういう、冷静かつ余裕のある動きが、この、わけのわからない状況に、とりあえず対処するには必要なんだ……。

よいしょ……。腰が落ちる間際に小さく声が出た。ちっ……。僕の動きを睨み付けていたグンジが舌を打ち、あきれたように吐き捨てる。おまえは、まったく……。それからは何も言わない。授業開始のベルはとっくに鳴り終わっている。グンジは床に座らせた生徒に目もくれず、机の上の書類に見入っている。

どうだ、わかったか……。おもむろにグンジが口を開く。ぜんぜんわからない……。おまえは、自分を何だと思っているんだ……？　迂闊なことを言えば、さらに状況が悪化するに決まっている。僕は、教師の顔を見つめたまま黙っていた。言わねえつもりか、じゃあ、おれは授業に行ってくるので、よく考えておけ……。

グンジは立ち上がる。あのう、先生。おそるおそる教師の背中に訊く。僕は？　授業は……？　ほう、驚いた、おまえ、口がきけるのか……。僕も、授業に出るんでしょうか……？　目をむくグンジ。そんなことよりおれの質問に答えろ、何かわかったのか……？

何もわからない、何を聞いているのかもわからない……。僕は黙っている。

なら、そういうことだ……。言い残してグンジは、教科書を持って出て行ってしまう。一時限の枠は四十五分だ。最初に教員室に戻ってきたのは、初老の担任教師である。入ってくるなり、眼鏡越しにちらと視線をこちらに向けた、ようだった。担任なら、この事態について何か言ってくれるべきだ。先生……。声をかけ、反応を窺っている間に、グンジが戻ってて来てしまった。何かわかったか？　またまりか、それじゃ、おれは何もしてやれねえよ……。何かしてくれなんて思っていない。何もしないでもらいたいだけだ……。

こういうことは自分で考えるんだよ、ばっかやろう。自分の態度で、反省すべきだと思うことはねえってのか。何も言わねえのか、ああ……？　急き込み、そして黙るグンジ。

しばらくして、グンジの口から思いもよらない言葉が飛び出した。

おまえのおふくろは、ありゃなんだ……。

はあ……？　僕は仰天し、グンジは一気にまくし立てる。息子がちょっとばかし成績がいいからって、そいつがどんな人間になっちまってるか、なんて考えたこともねえのか……。

混乱する僕。矢継ぎばやに畳み込んで来るグンジ。それどころじゃねえ。気位ばっか高くして。おまえにつけた点数が気にいらねえと、ねじ込んで来たって言うじゃねえか……。

一学期の終わりに、通信簿の社会科の評価が、最高点の《5》ではなかったことについて、母が、その理由を、科目担当の教師に訊きに行ったことを、僕は母から聞いている。そのことを言っているらしい。とりわけ、《道徳的判断能力》という項目にバッテンがついていたことについて気になって、その意味を質しに行ったのだ。

試験の成績では、《5》なんですって。でも全体の評価では《4》。それも、《4》の中でも中レベルだというのよ……。帰ってきた母さんがそう言った。ふうん……、としか僕は言いようがなかった。《道徳的判断能力》というものそれ自身意味がわからない。授業でそんな言葉が出たことはなかったし、それがバッテンだというのも、どういうことかわからない。僕の何を指しているのかも。そしてそれがどうして、社会科という学科の成績と関係あるのかも……。授業中のね、態度がすごく悪いそうよ……。と母さんが言う。へえ……？　本当にわからない。僕は、授業が好きだ。毎日毎日、教師の話を聞いていると、新しい知識や、見たこともない世界が、目の前に開け、頭に吸い込まれていくようで、楽しくてたまらない。だから、教師の言うことにはすぐ反応した。自分がそのときその場で感じたことはすぐ口に出した。そうしていると、そこでのやり取りや、光景が、その場でまるごと自分のものになって行くような感じがするのだ。母さんは続ける。あなたは、ほかの子たちを馬鹿にしているそうよ。でも、訊いていると、ほかの子のことじゃないみたい。先生のことよ。先生を馬鹿にしている、ということとのように私には聞こえた。なんで、訊いてもいないのに何でもかんでも、先生より先にあなたが自分で答えてしまうんだ……って。自分はよく出来るんだと、みんなに自慢したいのだろうけど、授業がやりにくい。ほかの生徒たちもいるんだ。みんなで、勉強しているんだ、というようなことよ。それからね。あなたがいつも騒ぎの中心だともいわれた。みんなを煽っているというか……。僕は急き込んで訊いた。それで、そんなことで《4》なの……？　それが社会科なんですって。試験の結果だけじゃないって、と、母さん。僕の背中に冷めたい筋が張る。毎日の授業を楽しく受けていることが、先生達との胸躍るやり取りが、そんなふうに受け取られているなんて考えもしなかった……。でも、よしんばそんなことがあったとしても、それで教科の成績が下げられるなんて……。少し間があって、母さんが言う。しょうがないよね、あなた。そう思う先生も居るってことしか分からないよね……。しかし、あのときこの胸に一番ひっかかっていたのは、こういうことについて、当の社会科教師が僕自身には直接言わず、母さんが訊さにきた時だけそんなことを言ったということだった。そして今は、その僕に対して、その社会科教師でなく、担任でもない、よりによってあのグンジが、母さんのことを言っている。僕のことで母さんのことを悪しざまに言い、その母さんのことで僕をなじっている……。

グンジの声が耳元で粘っこく昂る。おまえのおふくろなんてなあ……。てめえのおしゃればかりじゃねえか、てめえばかり、ちゃらちゃら着飾りやがって。息子には、きったねえかっこさせてほったらかして、新聞配達なんかさせやがって、自分は、派手な着物を着こしめして……。

動揺した。そんな母親がいたとしたら、それこそサイテーではないか。あの母さんのことをそんなふうに見ている人間がいる……。

グンジは続ける。そりゃあ、新聞配達は立派な仕事だ。だけどな、やっている者はみんな、そうやって苦労して、一生懸命働きながら勉強してるんだ。それなのにおまえみたいないい加減なやつが……。そんなことをおまえの母親は……。自分は贅沢……。

怒りで声を詰まらせる教師。衝撃のあまり、何をどう言い返せばいいのか僕にはわからない。なんで母さんがこんな時に出て来るんだ。新聞配達だって、僕自身がやりたくて始めたことだ。成績が下がるかもしれないと、母さんは止めたんだ……。

しかしその時、ひとつだけ、腑に落ちたことがあった。やっぱり母さんは、綺麗だったんだ。こんなやつが見ても綺麗なんだ、綺麗なもんだから、こいつは、こんな言い方をするんだ。小さいころから母さんが授業参観に来たとき、なんか誇らしいような気持ちだったのは、いつも綺麗にしていてくれていたせいだ。こいつのあの人よりかなり年上だが、はるかに綺麗なんだ、僕は知ってるんだ……。

何をどう言い返しても伝わるとは思えない。でも僕は決めた。一言だけ言おう……。

先生……。声に出してみれば、情けないほどに、かすれてしまっている。なんだ……？　前のめりになる教師。なんだ、なんかわかったのか、それとも、文句でもあるのか、おれの言うことに文句があるてえんなら、言ってみろ……。

顔が、触れんばかりに寄って来る。僕の鼻先にごわついた口ひげが揺れ、その厚ぼったい土色の唇が、むき出された白い歯にかぶさり、上下にぬるぬると這いずる。こいつは本気で、僕の反応を得たがっている。でも今のこいつの、これほど憎むくらい大事な相手というのは、本当にこんな僕なのか……。

いいえ、あの、そうじゃなくて。僕の声が震える。なんだ……。親には……。なんだ、親ってえのはおふくろのことか、それがどうした……？　親には……、関係ないと思います……。

教師の両目の周りを、憤怒が縁取る。こめかみが膨れ、白目が真っ赤に充血する。うりざね顔がまん丸に腫れ上がったようだ。き、貴様あ。そんなことを言いたかったのか、そんなことだけを！　すくんで僕は、従順な姿勢を精一杯示そうとする。いえ、ただこれは、僕の問題なのだと……。聞こえねえよこのやろう、でかい声で言え、いつも教室で騒いでいるように、わめいてみろ……！　だから、あの、これは自分の問題ですから……。

自分の問題？　親は関係ねえってか、立派なもんだ、要するにおまえだけの問題なんだな、かっこつけやがって！　よおしわかった、ならばずっとそうしていろ、おれはもう何も言わん、おまえの問題だ、おまえが自分で考えろ……。僕は黙っている。いいか、おまえは親には言わん。おれもおまえの親には言いつけたりせん。そういうことだ……。

なぜかほっとした。再び授業開始のベルが鳴る。午後の授業は二時限で、今日はこれが最後だ。あとは、終業時のホームルームだけだ。グンジは四十五分後きっかりに、戻ってきた。行け、明日までよく考えるんだな……。

明日は？　授業に出ていいですか……？　教師の口元が笑みで歪む。何言ってんだ。いいとか悪いとか、そんな話じゃねえよ。少しは考えろ。誰かが言ったかおまえに、授業のことについて何か言ったのか……。いえ……。なら、余計なことは考えるな、どうするのか自分で言ってみろ……。今日と同じですか……？　なんだ、わからん、はっきり言え……。またここに来るんですね……。

返事はない。


教員室を出て、教室へ戻るとすでに、終業時のホームルームが始まっていた。ドアを開ける僕に、いっせいに視線が注がれ、そこかしこが波立つ。かまわずゆっくりと、教壇の前を横切る。その動きを追っているであろう老いた担任の視線を、背後に感じるが、声はない。自分の席に着くと、隣の男子生徒がそっと訊いて来た。

「どうしたんだよ。おまえ？」

「いや、教員室にいたんだ。ずっと」

「午後じゅう怒られてたのかよ？　あいつに。おまえが何をしたんだって？」

「うーん、どうかな。よくわからないよ」

「ふうん、でも、よかったじゃん。授業サボれて」

何も話したくない。みんな、この自分の一日に興味深々なのが見え見えだ。この場に居たくない。しかし、家にも戻りたくない。説明が出来ない。親に事実を伝え、理解させるだけでも、大変な労力が強いられるように思える。言いたくないし、考えたくない。

第一、僕は今、疲れ切っている。そっとしておいて欲しい。親に事実を言えば、どうしてだ？と訊かれるに決まっている。なぜこんなことをされるんだと、教師になぜそのことを訊かないんだ、と言われる。自分ではわからない。相手は何も言ってくれないのだ。でも、そんな話が親に理解されるだろうか……。

自分の問題だ……それは確かだ。誰の問題でもなくて自分の問題だ、ということだけが、グンジと自分との間で成り立ったやりとりだった。母親や父親が知れば学校に怒鳴り込むだろう。そうすると、また、グンジに自分が同じように言われる。いやもっと母親のことを、悪く、いやらしくあげつらって、ほかの教員たちに話すに違いない。生徒たちにも言うだろう。それも自分の知らないところでだ。そんなことは考えたくない……。何か、自分のわからない力が働いているような気さえする。わかっているのは今日こういう事実が確かにあったし、明日も同じらしいということだけだ。

しかし、である。

考えようによっては、座っているだけなのだ。怒鳴られたり、嫌味を言われるのは、気持ちよくはない。が、殴られるとか、直接の暴力を受けているわけでもないのだ。いつもの父親の暴力に比べたら、たいしたダメージではない……。

大好きだった父は、酒呑みでともかくよく怒る男だった。殴られることなどしょっちゅうだった。

一〇歳の冬の晩だった。夕食の鍋を囲んでいて、なにか、又、父にとっては耳障りなことが、軽はずみな僕の口から滑り出たらしかった。縦長の太くて立派な、鋳物の湯呑茶碗が父の手を離れて、膳の遥か上に弧を描いた。正面に居てそれが頭に届こうとした時、僕はよけるべきか、ぶつかるべきか、迷った。父の真意はどっちにあるんだと一瞬思った。そしてそれは、ゆっくりとしっかりと、僕の眉間の少し上に命中した。当の父は、よけもせずおめおめと、湯呑に衝突している息子に驚き、青ざめた。口を歪め、しばらく茫然とした感じだったが、立ち上がると、ゆっくりと二階へ上がって行った。おでこに大きなこぶが出来て、僕は自分の無事を確認した。後日、父はその立派な湯呑を僕にくれた。

あんな、たんこぶを作ったんだ。これはきみのもんだよな……。

別の日には、勉強しないからと、僕の背中にロープが食い込んだ。その時父は、あたかも、これから、鞭打ちの刑罰を与えるものがしなければならないような、もの凄い表情になった。それを見ながら僕は、父の手加減の度合いを計った。僕にはむしろ父の心の模様のようなものが気になった。その寒々しさに比べて、背中への衝撃が、それほどのものでないと踏んでいた。僕は、いかにも鞭打たれる囚人がしそうな、悲壮な表情をしてしまうべきか否か、判断を迷っていた。

あのとき父は息子のどんな表情を望んでいたのか……。

いずれにせよ、直接の暴力を受けないということでは、グンジの時のほうがまだマシなのかもしれないのだ。こっちではただ座らされているだけだ。足の痺れはきついが、グンジが授業に出ている間、伸ばして、ほどくことは出来る。耐えられないことはない……。

それに、授業が嫌いなやつは大勢居る。そういうやつらの気持ちになれば、授業を受けなくても済むことはいいことだ。ほかの先生も見ている前の出来事だから、自分が授業をやむを得ず受けられないことは、みな了解しているはずだ……。

《よかったじゃん。授業サボれて……》隣の生徒の言葉を思い出す。そう思うのも手だ……。

誰にも言わないし、言わなくても大丈夫だ。なにしろ《自分の問題》なのだから……。

　グンジと自分との関係というものが今、どういうことになっているのか、皆目わからない。以前と比べて変わったのか、もともとこうなのか？　しかし、これが《自分の問題》だと自分で言ったし、グンジも同意した。そこにだけしがみついていればいいのだ……。

　翌日からずっと僕は授業に出ていない。朝登校して、ズックの肩掛けカバンを教室においたまま、一人で教員室に向う。グンジの横に正座して、高く低く、響いて来る相手の声を、聞き分けるでもなく聞いていた。

　大きな百合の花みたいな蓄音機を、覗き込むようにしながら座っている犬を思い描く。友人の家で見た古いレコードジャケットにあったものだ。死んだ主人の声を懐かしく聞いているらしい。僕には、この犬は、自分のやっていることをはっきりと自覚しているように思えた。大人たちからすれば、あの犬の方が、今のこんな自分よりはましに見えるのかなあと、そんなことを考えた。

　昼の弁当のために教室に戻り、午後はまた教員室で過ごす。それからカバンを取りに、帰りのホームルームに顔を出し、校門を出て、一年の三学期から始めた、新聞配達で町を一巡りしてから帰宅する、そんな生活が続いた。

　こうなっている原因は不明のままだ。床板の上で時を過ごしていると、筋書きは見えないが、なんかのつまらない劇の役をやっているような気持にとらわれる。以前は、舞台の上で僕は、暴虐無尽の師団長だった。最後までぴったりしない妙な役だったが、主役は主役だった。今はサイテーの、捕虜の二等兵役みたいなものだ。

自分がやっている役は自分そのものではないんだ、と当たり前のことを思った。役というのは、誰が何をやるにせよ、役者のもともとの人格との、必然的なつながりなんてものはない。師団長役のときもそうだった。ただ、与えられた役柄らしさに徹して、自分なりに演じ切ればいい。役が傷ついても、本当の自分は痛くもかゆくもないし、役が死んでも、自分は死なないのだから……。

僕は、自分に起きていることを、あまり現実として意識しないようになって行った。授業に出ていないことは、確かに尋常ではないが、それが、昼休みや登下校の際の級友たちとのふれあいに格別な変化をもたらすことはないのだ。毎日の夕刊の配達にも、家の中での振舞いにも特別に影響することはないように努めたし、実際そのようになった。

しかし、自然と、今のこの生態を知っている者たちにも、知っていなさそうな者にも、自分から話しかけようとはしなくなって行った。

すでに僕は有名人のはずだ。当然、ほかのクラスにも、だんだん、今の状態については、噂になって伝わって行っているだろう。訊かれて何か応えれば、自分ではそうでなくとも相手はそれを言い訳っぽく聞き取るだろう。煩わしい……。

教員室でも、グンジ以外の教師たちは、ほとんど僕に声をかけない。はじめのうちは入室して僕に気付くと、顔の表情だけでも反応を見せようとするものもいたが、一二週間もすれば、それもなくなっている。教員室に、少し大きめの備品が一個増えただけのようになって行った。

囚われの窓

初夏のさわやかな風が、教員室の窓から吹き込んで、僕の首筋を柔らかく撫でるようになった。

体育科の男性教師と二人だけになったことがある。二十代後半だという。彫りの深い、エキゾチックな顔かたちの教師だ。学校ではかならず上下のジャージー姿である。

この男の周辺の空気はいつも、のびやかに躍動していた。体内からほとばしるみずみずしいエネルギーを、どうにも抑えることが出来ないというふうだ。長身で、独身で、当然女子生徒に絶大な人気を博していて、自身それを十分意識していることが、その一挙手一投足に行き渡っている。とはいえそれらを、自己陶酔の無遠慮な押し付けのように見る女子生徒たちも、いないわけではなく、ひとつ上の姉などは、あからさまに毛嫌いしている様子だった。もちろん本心かどうかはわからない。

僕自身は、いつも気さくに話しかけてくれるこの教師が、結構好きだったし、相手が自分に親しみを持ってくれていると感じていた。

なあ……。

窓際に低い声があった。僕宛てのようだ。グンジ以外では初めてだ。声は窓からの風に乗って、ゆっくりと僕の耳に絡まる。なあ、ずっとそうしているつもりかよ……？　抑揚に何の悪気も感じさせない。遠いようで近いようなその声を僕は夢の中にいるみたいに聞いていた。

何してんだよそんなとこで。もう、誰も、気にしてくれねえぞ、ずっとそこに座っていると、みんな慣れちゃって、仕舞い忘れたストーブくらいにしか見えなくなってるぞ……。

うまいことを言う。つい僕の口から笑みが漏れ出る。声が続く。こうじゃなくなることを、そろそろ考えたらどうだ……？　何を言いたいんだ、この人は……？　おれは思うんだが……。黙っている僕にかまわず、さりげなさを装うように教師は切り出す。

おれは、体育系だから、学業の成績のことはあまり関心がないけどな、勉強が出来ようが出来まいが、明るく健康で居てくれればそれでいい……。その通りだ、と僕は思う。

ただな、おれが許せないのは……。許せないのは、学校では、ぜんぜん授業も聞かず、騒ぎまくって、みんなの邪魔をしていながら、家ではこっそりと勉強しているやつだ……。

はて？　と思う。この僕に向けて話しているようだから、僕に関係していることだろうとは思った。が、なんか変だ。僕は家でもたいして勉強なんかしていない。それもこっそりなんかしていない。家で勉強なんかしなくても、授業だけでもこれくらいは出来ちゃうのだ。

教師は続ける。家へ帰ったら、いろいろ事情があって、働かなきゃならないものもいる、家族が多くて、家事やなんかで勉強どころじゃないものもいる、そういうものにとっては学校での授業がすべてなんだ。自分は恵まれていて、家で勉強出来て、それでちゃんと点数を取って、学校ではほかの者が勉強するのを妨害ばかりしているやつ。そうやって自分の順位を上げているやつ……。

僕は黙っている。何を言ってるんだ、そんなめんどくさいやつはどこにも居ない。少なくとも僕のことじゃないぞ。この僕のどこが恵まれてるんだ。近所のどこよりもうちは子だくさんでビンボーなんだぞ……。

教師は椅子に背中をもたれかけさせながら、独り言のようにつぶやく。おれからすれば、そういうやつを卑怯者と言うんだ、そんなやつは勉強がいくらか出来ても、人間として何かが欠けているんだ……。教師は自分の言葉に頷いている。わかってくれたか、みたいに。

話は終わったらしい。沈黙が、その落ち着き先をもとめて、空気中にまだらに澱む。でも、やはりこれは僕のことではない。あの、先生……。なんだ……？　教師が顔を上げる。誰のことですかそれ……？。

不意を打たれたように教師の顔が固まる。今の今まで気づかなかった、おのれと相手との間にある距離の存在を、いきなりつきつけられたかのようだ。そうかよ……。教師は外を向き、ため息交じりに吐き捨てる。そういうことですかね、おまえさん……。やっぱ、立派なもんでございますね……。

二人だけの教員室にふたたび静寂が訪れた。

トイレの窓を開けると、校庭を隔てて、たくさんの二軒長屋が見える。小学校四年の春まで僕は、その公営住宅に住み、幼少期のほとんどをそこで過ごした。その家が、今は他人の顔をして、真正面にある。否応なくそのころの光景が頭をよぎる。自分が置かれている妙な現状と対比をなすように、懐かしい画面が僕の頭に、次から次へと色あざやかに浮かんで来るのだ。

なんだかわからないが、今は決していい状態ではない。誇れるようなものでも、他人に理解されるようなものでもない。誰にも話せないし、今後も誰にも話すことはないだろう……。

僕はこの頃、トイレには、級友たちが授業を受けている間に行くようになっていた。休憩時間では大勢の生徒と遭遇するからだ。自分の状態をいちいち説明するのがめんどくさい。グンジは、用足しに行くことまで、文句をつけることはなかった。だから意識して、ひんぱんに行くようになった。何度も立って、戻って来て、また座るということを繰り返す。

はじめのうちその行為は、いちいち、自分の惨めな立場を、教員室全体にさらしているようで、気にはなった。が、ともかく、外を見たい気持には勝てなかった。窓の向こうの公営住宅を見ながら、いろいろな記憶をよみがえらせることが楽しみになって来たのだ。

以前住んでいたあの家の、玄関先の山吹は、大きく咲き誇り、初夏の風に揺れている。風は、中学校のトイレの窓から突き出ているこの顔にまで、花の匂いを運んでくるように思われた。街路のアカシアも緑深く風にそよいでいる。

今は他人の家、他人の町となったあそこで、ウサギと遊び、石を蹴り、缶を蹴った。バクダンあられをほおばり、紙芝居に夢中になり、凧揚げに明け暮れた。暮れには一家総出で餅をつき、節分では、闇夜に向かって豆をまいた。《おにはそと》、とどうしても言えず、豆をまくたんびに《おにはうち》、と叫んでしまって母に怒られた。狭い家での家族七人暮らし、なのに窮屈だと思ったことはなかった……。

記憶をたどり､思い出に浸る。あれほどにうれしさに満ちた光景がもう自分には戻らない。四年前、一家はあそこを出てしまった。

今住んでいる大きな屋敷には、海軍将校として戦死した叔父と、元領事かなんかで、赴任先の隣国の都市で、脳出血死した祖父の、大きな写真が並んで欄間に飾ってあり、リウマチで動けないが、おそろしく怖い祖母が、中央の座敷で睨みをきかせている。少し前に再婚して今度こそは出て行ったはずなのに、しょっちゅう戻って来る叔母の目も変わらず光っている。祖母や叔母の話は他人の悪口ばかりで、聞いているのもいやなものばかりだ。家も庭も広いけれど、あとから入り込んできた自分たち親子は窮屈でたまらない。

明らかに母は、祖母たちに、理屈に合わないいじめられ方をしているのだが、子供たちではどうにも出来ない。そんなときどういうわけか、父は、二階の自分の部屋に閉じ籠ったきりだ。引っ越してしばらく、子供たちは公営住宅の、あの楽しかったころに戻りたいと、夜がな母と抱き合って泣き暮らした……。

幼少期の、幸福のわが家と、今の、学校のトイレの窓との間には、何もない。校庭には誰も居ないし、なんの音もない。懐かしい家にはすぐ手が届きそうだし、心ときめくあのころにもすぐ戻れそうな距離に見える。僕の感傷を邪魔するものは何もなかった。

今が、あのころ、あの場所、あの自分でないなんて、誰が、いつ決めたんだ……。

たった四年前まで自分のものだったそれらが、もう戻ることはない。どうしてだかわからないが、それは真実なのだ。

それからの僕は、トイレから戻るたびに、不思議に元気になっていた。勢いよく教員室の扉を開け、力強く所定の場にすわり込み、しっかりと前を見据える。板張りの床にも慣れた。

初めのころは、板の張り合わせのところが、ずれてしまって出来た段差に、くるぶしが当たり、その厄介な痛みと争っていたのだが、角度を調節することでうまい具合に、足首が床の段差とフィットするようになった。

昔の記憶を辿るたびに沸いてくる、甘酸っぱさが僕の孤独を支えていた。感傷は今、唯一の友であった。授業に出られないことも、クラスメートと一緒にいられないことも、こんな目に合わせられている原因が分からないままでいることも、どうでもよくなってきた。胸を満たす切なさに存分に浸り、その後に訪れる、すっきりとした気持ち。そのサイクルが、僕を支える秘密のリズムとなった。


ひと月が過ぎていた。

すでに梅雨の気配となり、トイレの窓ガラスは、しのつく雨に濡れている。いつものように、昔の自分の家の壁を眺めていて、ふっと首飾りの記憶が僕に蘇える。

あれも梅雨の薄暗い午後だった。母親が子供たちみんなを呼んで座らせたことがあった。四畳半のお膳の上に、大事にしていた首飾りが、ばらばらにされて放り出されている。

誰が、どうしてやったのかはっきり言ってちょうだい、絶対に怒らないから、と言うのだ。正直に言ってくれればそれでいいのだから……。

当然自分ではない、はずだった。しかし、いつまでたっても誰も名乗り出て来ない。僕には、自分がやっていないことについて確信があった。だが、二、三日すると、自分がやっていないと思っていることと、客観的な事実というものの間に、不透明な隙間のようなものが介在し始めた。そのうちに、本当に自分はやっていないということを、具体的に説明出来る手立てがなくなっているように思えて来た。

気がつかないうちに、自分が実は何かやってしまっているのかもしれない。そんなことが絶対ありえないと、どうして言い切れようか。実際、やっていないというのは、自分が思っているだけではないのか……。

窓からの、湿った緑色が滲み込む四畳半の膳に、首飾りが置いてある薄暗い映像が頭に浮かんだ。ふと、右の方から、白い手が二本出てきて、首飾りをほどいてばらばらにし、すっと画面から消えた。一瞬のことだった。それが、自分の手なのか、ほかの誰かのものなのか、頭の中の映像だけではわからない……。

つまり、事実というのは、過ぎちゃったらもう、本当にはわからないんだ……。

そう思った時僕は、ともかくこのことを母に伝えねばならないと思い、その通りを伝えた。

僕がやったのかどうか、正確なことは、今の僕にはわからないよ。だけど僕がやったという覚えは僕にはないんだ……。母さんの額のしわが、妙な具合にゆがんだ。それは、どういうことなのかしらねえ……。母さんは目を細めて、じっとこちらを見ていた。そのときの、僕を射抜くようでいて、さびしそうな目つきの意味が、あの時の僕には分からなかった……。

この話はそのまま立ち消えになっていた。急にこみ上げてきた。

あんな言い方をされたら、母さんは、いやでも疑うしかないに決まっている。むしろ、卑怯なごまかしを言い連ねているようになってしまう。あの件が、その後まったく話に出なくなったのは、母さんが僕を庇ったつもりになっているためだ。あの時母さんはおそろしい確信を持ったか、僕を疑う苦しさに耐えられなくなったのか……。

母につらく、いやな思いをさせてしまったことが、無性に悲しくなった。いまさら、話せることでもない。何年も前の身の潔白を、いいつのって何の意味があろう。それに、今のこの情けない姿の自分ではどうにもならないじゃないか……。

同時にこのひと月もの間、大事な息子がこんな目に合わされていることを、当の息子からも知らされていない母と父の、毎日に思いを馳せる。自分が、授業に出られず、教員室でさらし者にされていることを、両親は知らない。知らないままに、なにごともないように帰ってくる息子と毎日接している母親。そんな状態を親に強いている自分の、罪業の深さにおののく。なぜか今、自分が一三歳であることを、初めて知ったように思った。まだ、なのか、もう、なのかわからない。ともかく僕は今、一三歳なのだ……。

涙がそこまで来た。これは今、泣くにふさわしい事柄なんだと思う気持ちも確かにあった。

突然、トイレの扉が開き、体育教師が入って来た。あわてて目をひじでこすり上げる。遅かった。

お、なんだ。どうしたんだ……。声を上げる教師。そうか、そういうことか……。横で小用を足しながらひとりごちる。英雄にも涙あり、だな……。がさごそと指先で手仕舞いし、教師はどたどたと出て行く。とても、いますぐには、教員室には戻れない……。

しばらく、窓の外を見ながら、瞼に来たものが退くのを待った。


戻ってみると教員室には、定年を過ぎて、臨時の講師をやっている職業科の、坊主頭で太った教師が一人いるだけだった。所定の場所に座り込むとまもなく、終業のベルが鳴った。

グンジが現れるまでかなりの間があった。そして、グンジと前後してほかの教師たちも戻って来た。どこかで何か打ち合わせて来たのかもしれない。申し合わせたようにそそくさと退出してしまい、部屋には僕とグンジと、担任の数学教師が残された。

僕は、グンジの様子を伺う。体育教師があのことをすでに報告しているかどうかが気になった。

わかったか……。グンジの声に、妙なやわらかさがある。はい……。思わず出た。たしかに、何かが少しわかりかけている、そんな気持ちが僕にあった。

母に対するあの時の態度が、実は罪深いものだったということ、今の自分には、幼少時代が、こんなにも懐かしく、愛しいものであったこと、それが気付かないうちに居なくなって、もう帰ってこないこと。それらは納得出来はしないが、否応のない運命なのだということであった。

もうひとつ、自分にはわからないことが、世の中にはあるんだということもあった。どうしてこういうことになっているのかは、今もわからないけれども、ずっと、座らされているということの事実はあったし、今後もあり続けるらしい、そして、今、それを知ったことは、少なくとも、この時の僕にとって紛れもない事実だったのだ。

そうか、わかったんだなおまえは、自分のしていることが、どんなことか。それで、どうして今までなにも言わないんだ、ふてくされて、おれを馬鹿にしているのか……。グンジのトーンが明らかに変っている。僕はその時、一言だけ、言ってみようと決めた。ひとこと、いま、最も正直な言葉で……。

それは先生が……。なんだ、おれがどうしたんだ。おれに何かあるのか……。グーッと頭を近づけるグンジ。先生が……。なんだ……？　怖かったんです……。

言おうとして言った台詞だったが、何かがずれているようにも思えた。

何言いやがる……。

グンジは変な具合に口をゆがめた。それは、こぼれ出る笑いを押さえ込もうとしているものに見えた。反射的に担任教師のほうに向けたその横顔には、少しばかりの照れも交じっていた。その崩れかけた顔つきのなかに、これまでのグンジには見られなかった卑屈で安っぽいものを僕は見た。同時に、このひと月の間に、グンジが僕に求めていたものの、真意のようなものが、実は僕がほのかに予感し、期待していたものと、全く異質なものだったように感じた。どうやらグンジは、今僕が発した答えを喜んでいる。それもあまりにも素直に……。

長く、二人の間に張り詰めていたはずの清廉な緊張が、あられもなく崩れ落ちて行くようだった。まさか……。そんなことだったのか……。

僕はそれまで、グンジについて、聞きしに勝る暴力教師だと感じ入ってはいたが、卑劣なやつだとか、浅ましいやつだとか思ったことはなかった。もちろんつまらないとかくだらないとかも思ったことはない。この教師の言うことには、本当は一本筋が通っていて、子供である僕にはまだ、それがわからないだけなんだと、どこかで思いたがっている自分がいた。

それからグンジが言ったのだ。馬鹿言ってんじゃねえ。おれのほうがよっぽど怖いよ、おまえさん……。

さあっと、冷たいものが背筋を走った。

グンジは続ける。ともかくなにかわかったんならそれでいい、それを大事にしろ、ともかく明日からはもう、授業に出ろよ……。

そうやって僕は、急に、そこをどかされることになったのだった。いつからなのか誰にもわからないが、なぜかずっとそこにあって、誰にとってもどうでもよかった置物が、無造作に片付けられるように……。

廊下の両側にある教室は、みな暗く湿っている。むしろ、これまでの教員室のほうが、陽射しもあり、風通しもよく、さわやかで、居心地が良く思える。

教室ではすでに、帰りのホームルームが始まっていた。

ドアを引いて開けると、向かい側の窓から、梅雨の色をした光がほの白く差しこみ、生徒たちの黒ずんだ頭部が、一斉に僕に向って揺れた。百本近くの、生気のない沈んだ視線が、ぞろりとこちらに偏って固まった。しかし、何も起きなかった。たった今、解放されたことについて、教師も生徒たちも、そして、僕自身も何も言わなかった。

それだけのことだ。以前通り、当たり前の顔をして過ごしていけばいい……。

校門を出ても僕に、何かが終わったことを合点させるものはなかった。いや、最初から、何も始まっていなかったようでもあった。長かったようなそうでもないような、このひと月という時空が、何の意味も、実体もないものに思える。教員室での風景の何もかもが僕の今から遠ざかっていく。なんで見たのかわからない妙な夢のあとみたいだ。

うたかたの軌跡

「近頃なんとなくぼんやりしているのは、新聞配達で疲れているせいだろう。それは当然だ。働くというのは大変なことだ。身体を動かして、金を稼ぐというのは、だからこそ貴重なことなんだ。それがわかればいい。十分きみは、働いた意味がある。この経験は将来絶対役に立つんだ……」

父の説得を遠くに聞いていた。そうかもしれないし、そうでないかもしれなかった。

教員室でのひと月から戻って来て、最初の定期試験で、僕の成績は、入学以来の最低を記録した。もともと熱心に勉学に励んでいたわけではなかったが、近ごろは、試験間際の準備さえ、手につかなくなっていた。どこかで、それでいいという理屈を覚えて、それがなし崩しに、体の奥深く、根を下ろしてしまったようだ。

その時々の学校の授業に付き合うだけでいい。無理に考えずとも自然に頭に入って来るものだけでいいのだ。むしろ、そうすべきなのだ、それが普通の中学生なんだ……。

そしてついに両親から、新聞配達をやめるように言われたのだった。成績に響くようなら、やめる、絶対にそんなことはないからと、始める前に僕は約束していたのだ。

喉の奥底に疼いている何かを、誘い出して吐き出すには、ずいぶんと何かが、積もり重なってしまっているように思えた。父の前で僕は沈黙していた。見ているものからすれば、おとなしく親の話を聞いているようだったはずだ……。

「あんたさあ、新聞配達をやってみない？」

そう言われたのは前年の暮れのことだった。

あれは、細面で色白の、優雅な物腰の上級生だった。フロアに張り出されている試験成績者のまあまあの位置に、いつもその名があった。夕方、たくさんの新聞の束を抱えて、胸を張って走っていた。僕は街角のあちこちでその上級生と出会い、いつの間にかお互いに挨拶をするようになっていた。

「三年になれば、僕は高校進学の準備に身を入れなければならないから、替わってくれないか……」

勉強も出来て、育ちもよさそうで、ハンサムで、新聞配達などする必要はないんじゃないかと思えた人だった。僕の疑問に対して上級生は、

「自分の使う金は自分で稼ぎたいじゃん……」

と言う。

うれしくなった。明るく聡明で、健気な新聞少年に、自分もなりたかった。この人は、二年生の最後まで初心を貫いて、新聞少年を卒業するのだ。この人みたいになろう……。

先輩少年は、僕の見習い期間の間配達に付き添って、いつも優しく、いろいろなことを教えてくれた。終わって別れる時いつも、

「あばあ」

と、可愛く叫んで手を振ってくれた。

新聞配達は、当然辛い面も多かったが、学校生活とは違う世界を感じさせてくれて、僕には心躍るものでもあった。これまで、自由に出来る金を持ったことなどなかったから、わずかな金銭収入も魅力だった。なにより、新聞配達という行為は、二年生になって僕が陥った、このまさかの境遇にとって、大きな意味を持つようになっていたのだ。

何もかもが新鮮だった。販売店の棚に積み上がった新聞の束を、作業場の板張りの床に下ろし、それを腰に取り付けて出発するまでの、一連の動作は僕を魅了した。

適量の束をずらしながら床に寝かせ、しゃくりあげてまとめてゆくときの角度の微妙さ。竹のざるで砂金を救うような感じでもあり、赤ん坊をあやしながら抱き上げるようでもあった。束を立てて、トントンと床に打ちつけ、きれいにそろった時の快感。それから束を畳み込むように床に押さえつけ、左手の親指と人差し指で束の左端をつまみ、少しねじるようにして、幾重にも重なった折り目の間に、適度な隙間を作る。それを右手の親指と人差し指で交互に折り目を繰って、二・三、二・三、と、五の倍数で部数を数えて行く。数え終われば束

ねて再び天地四角をそろえ、半径三〇センチほどもある、銀杏型に切り取ったような側面が出来るように、力を込めて丸める。右肩から下ろしたズックの帯を渡し込み、左わきの下から腰当たりへしっかりと束を固定する。前面は、一五〇部ほどの新聞の折り目が美しい年輪をかたどっている。肘とバンドと腰の、三方からの力を突っ張り合わせ、束が揺れたり崩れたりしないようにしっかりと抑え込み、ぐいと背筋を伸ばす。腰に決まった新聞の重みが何とも誇り高く心地良い。凛々しい新聞配達少年が出来あがる。出発だ。

走りながら、抜き取った一部を二つ折りにして、指でしごく。ぎいと気持ちの良い音がして、顧客の玄関の隙間に、初めはそっと折れ目を差し入れ、それから、ぐいと押し込む。ぽとんと向こう側に落ちた音は、その日の職務の一五〇分のが、つつがなく遂行された証しだ。

走っている時は、自分一人の世界だ。さまざまに思いを馳せ、思いは世界を飛び、いろんな人たちと頭の中で語り合う。自分は新聞配達をして、こうやって走っているという現在が全てを圧倒し、凌駕し、世界を落ち着かせてくれる。

二年生になってからのひと月間の、あの不可解な状態にあっても、配達という行為が僕の毎日を支えていた。教員室での正座、足のしびれ、怒りに満ちたグンジの目、降り注ぐ悪口雑言、やり過ごしているほかの教師たち、何も知らない父母のこと、気になる女生徒一人一人の不審げな顔、成績の遅れのこと、そして、この新聞配達のことまでグンジに嫌味を言われたこと……。

すべてに耐えられた。

中学校周辺も、以前住んでいた公営住宅も、僕の配達区だった。二棟の倉庫型校舎の間に、平屋の小さな一戸建てが挟まっていた。社会科担当の教師が住んでいるその家の、ブリキで出来た赤いポストに新聞を差し込むと、全行程の半分ということになる。一呼吸して見渡す校庭には、クラブ活動で残っている生徒がたくさんいた。笑顔で手を振ってくれる者もいたが、どことなく、もはや、働き者の新聞少年が通過するのを見る目になっているようだった。

校門の横にある文房具屋と道路との間には広くて深い水路がある。ある時、頭の中での問答に夢中になっていて、気がつくと、驚いて目を剥いている自分の顔が水面に映っていた。水路の中ほどに渡してあるコンクリートの桟に胴体がひっかかっていたのだ。それでも新聞はしっかりと抱えていた。

「大丈夫?」

上に甲高い女性の声がした。文房具屋の奥さんだ。

「急に見えなくなっちゃって、びっくりしたわよ」

それで自分が落ちたことを知った。

住宅街区の真ん中に広場がある。そこに面した家に、高校一年生と、僕と同じ中学の同学年生徒と、小学六年生の、三兄弟がいて、いつも目の前の広場で遊んでいた。その家も僕の顧客だった。翌日専売所につくと、その家の名前と「不着」という文字が連絡用の黒板に書かれている。それが、三日に一度はあった。

「いつも、別のやつが、あとで届けに行くんだぞ。おまえ、大丈夫なのかよ?」

店主は、この国が誇る世界的な細菌学者そっくりだった。うっすらとひげをまぶした口元から、毎度僕に向かって怒声が飛んだ。

当然、その家だけは、注意深く、玄関の隙間から、確認しながら差し入れるようになった。忘れるはずはない……。広場に遊んでいる兄弟に向かって、

「入れるからね……」

と伝えながら中に入れて見せたこともある。何度か、途中でその家に戻り、玄関のタタキに白く新聞が横たわっているのを確認した。それでも、翌日の黒板には変わらず「不着」の二字があった。間違いなく届けた旨を店主に伝えても、

「届いてねえって、先方が言って来るんだから」

と取り合ってくれない。広場で三兄弟に質したこともあった。僕の質問に対して、下から順に、小学生は舌打ちをし、中学生は鼻で笑い、高校生は毒づいた。

公営住宅の街区に交差する、アカシアの道で、同学年だが、別のクラスの女生徒が、前方

から自転車で走って来たことがあった。テニスをやっているというその子の髪はポニーテールになっていて、きりっと後部に締め上げてあった。形のいい日焼けした額が光っている。見とれているように思われまいと、僕は目を車輪のほうに落とした。その時短パンの裾からするりと伸びた、褐色の細い腿の内側を、一本の赤い線が、鮮やかに伝い下りているのを見た。僕は驚いて、

「あ？」

と指さした。

「いやあねえ」

事態に気がついた少女は、明るく僕を睨む。どきんとした。

いつも颯爽としていて、学校ですれ違っても、近寄りがたいものを感じさせる子だった。もちろん声などかけられなかった。初めて口を聞いてくれたのだ。妙な場面だったが、先方に悪意は感じられなかったと、僕の気持ちは弾んだ。

何があっても、今、一人でこうやって新聞を配っていれば、全てはそれで済んでしまうように思えた。走っていれば、何もかもが通り過ぎた。砂利道もアスファルトも、足もとに現れては消えて行く。街路樹も、建物も、人々も、後ろへ後ろへと押しやられ、違う風景が前に現れる。風が抜け、時間が流れ、月日が過ぎる。

教員室というカプセルの中での、原因不明の正座の静けさと、新聞配達という、町じゅうを二本の足で疾駆する力動とのバランスが、僕の毎日を支えていた。これで今の自分の世界が成り立っている、大げさに言えばそんな感じだった……。

その世界が今、完璧に消えてしまうのだ。

両親との約束も果たせなかっただけではない。これでは、母に対するグンジの誹謗中傷にも屈したことになるのだ。頭がぐしゃぐしゃになって行くようだった。小さい頃の台風の夜、中学校の敷地にあった、がらんどうの倉庫一棟が、轟音とともに崩れ落ちた。あんな感じだ。

両親の声を聞いているうちに体が震えて来た。喉仏がひくひくと上下する。口の中に固まった空気が泡を交え、プスプスと唇から噴き出す。

「どうしたのよ……?」

母の声だ。びっくりしたらしい。父も固まっている。瞬間、ぐわあっ……と、喉から、ぬるぬるしたものが一気に飛び出した。鼻からも噴出した。顎が揺れ、涙があふれ、背中が弾む。収拾がつかなくなり、這いつくばった。

「新聞配達やめようねって、言ってるだけじゃないのよ! そんなことなのに、どうしたの……?」

耳元に母の声が響く。肩をさする感触と、覗き込む視線が煩わしい。何も言えないし、何も言わなかった。その場がそのまま過ぎ去るまでそうしていようと思った。

　永い空白を経て教室に戻ってからの僕は、以前にも増して、教師の言葉尻を追っかけていた。

　もともとは、気の利いた冗談を絶えず振りまいてクラス中を笑わせる、ひょうきんで、人気者だったはずだ。あんなことがあったからと言って、それをやめるのも不自然だ。それでは不合理な現実に負けてしまうことになる……。

　しかし、恐ろしいことに級友たちは、以前のように喜んでくれなくなっていた。

　授業を盛り上げようと、面白おかしく揶揄したつもりなのだが、それは、教師たちを、あからさまにからかっているような口調へと滑って行く。

　時折の微かな笑い声も、場違いの、出来の悪い冗談に対する嘲笑に違いなかった。実に僕の軽口は、以前のように、誰もが思わず笑ってしまうという、軽くさわやかなものではなくなっていたのだ。しゃれてもおらず、楽しくもない。わざとらしくて独りよがりで、耳障りなものばかりなのだ。いつも声に出してみてはじめてそれがわかる。

　何をやっても、その場にそぐわない自分がいた。その違和感を埋めようとして、意識してやることが、さらにみな裏目に出てしまう。ギヤがちゃんと入らない……。かみ合わない……。何かがずれている……。

周りのみんなには、きちんと見えているはずの風景が、僕の網膜には、多数の亀裂で細切れになり、微妙にずれ合って映し出されるのだ。どの画面も、ひび割れたガラス越しのように、モザイク状になって、一枚の絵の体をなさない。

僕には小さいころから、自分と他人とでは、同じものでも、ほんとは、全然違うものに見えているのではないかと疑う癖があった。ほんとはそれぞれ違うものに見えていながら、それがどういうわけか、言葉や文字にしてみたら全く同じようになっていて、それを誰も気付かず、そのまま済んでしまっている。だったらどうしよう……。世の中はどういうことになるんだ……？

そんな恐ろしい疑いがもたげてきたときには、ともかく頭を振って、襲い来るものを振り払って済まして来た。まだ子供で、頭も完成していないからそんなふうになるんだ……。

だから今のこの妙な感じも、そんな癖のちょっとした表れに違いない……。

この《ずれ》めいたものの正体が、ある具体的な事実の作用だなどと、思いようがなかった。僕には実は、一人で教員室の床板にすわっていたひと月があり、クラスメートたちには、僕のいない教室の景色にすっかりなじんだひと月がある。お互いに、絶対に元には戻れないし、溶け合うこともない、別々の事実が出来てしまっていて、そんなそれぞれが、了解も合意もなくただ同居しているという、そんな今であり、ここであるということをこの頃の僕は気付こうともしなかった……。

　復帰後の僕はせわしなく動き回った。その振る舞いは、確固とした現実の手ごたえを、強引に実感しようとするもののように見えたかもしれない。僕はだれかれなしに話しかけ、必死にその反応を期待した。無視されて激高し、時には、相手に挑み、掴みかかった。空手かなんかやっているという噂のある男子にたしなめられ、無謀にもそいつに八つ当たりして、顔面に二発直線的な打撃を食らった。自分の才気煥発さを教室中に撒き散らし、のどを膨らませて、機転が利いているはずの台詞を、所かまわず押し付け、これを冷たく受け流す生意気な女生徒たちに、噛みついた。合唱の発表会で、自分は授業に出られず遅れていたからと、ただ一人ぶ厚い楽譜をわざと取り出して歌い、満場の失笑を買ったあと、舞台裏で男性教師に、殴り倒されたこともある。教員室に呼ばれ、入れ替わりたち代わり、叱責されることもしばしばだった。

　自分は何をやってもいいんだと思っているんだよね……。しわがれた男の声が、教員室の戸口付近から届く。聞きなれた声だ。その時、別の教師の机のまえで何やら説諭されていた僕は、振り返ってまで、声の主を確認する気持ちになれず、無視した形となった。英雄気取りが抜けないというか……。追い打ちをかけるように同じ声が続く。つい、首を回してしまった僕の眼が、初老の数学教師の目と交錯する。担任のその僧侶の、眼鏡越しに自分を見据えている視線の冷たさに、ぞっとした。初めて気づいたのだ。グンジどころではない。これまで僕を一言も非難したことのない、この誠実かつ温厚な人格者は、底知れぬほど深くこの僕を憎み、蔑んでいる……。

ふいに自覚した。この自分はいまごろになってやっとあの、春先のフロアで一緒に正座していた、懐かしいワルどもに見合う人間になっている……。

グンジはと言えば、自分の席から、勝利者の薄ら笑いを浮かべて見ているだけだ。もう、己が手を下すまでもないといったふうに。すでにこの男の関心が、自分に向いていないことを僕は痛感する。ひと月の間、自分が占有していた、グンジの横の床板をじっと見つめ、僕は敗北の甘さに浸った。

何かを自然に吸収するための装置が、身体から外れてしまったようだ。数学の教科書にある《x＝2yとして》が、すんなりと脳の回路を通過しない。いちいち思考の入口で引っ掛かって、どうにも次の段階へ進まない。xというのはどこまでもx自身なのであって、だからこそxなのだ……。ほかのもので置き換えられるわけがない。xが、yの倍数なんかであってたまるものか……。

それでも時には、偶然の作用で、頭に印象をとどめてくれる、新しい知識らしいものがないではなかったから、その程度ですべてを間に合わせるようになっていた。成績表のグラフは、ぼつぼつと泡のごとき突起を、申し訳程度に示しながらも、全体は急激な右肩下がりを示していた。

家では机の前に座ってはいた。父が役所で不要になった小ぶりの文机を、かついで帰って僕にくれた。以来文机は、僕の小さな宇宙となった。

昼間は、その文机を抱えて、庭に面した廊下や、階段の裏、玄関先、ある時は、庭の奥の小さな竹藪の中に持ち歩いた。落ち着いた先で周りに、文房具や本、兄が買ってきた芸能雑誌の付録にあった歌謡曲の歌詞集など、小物を並べ、陣を敷いて過ごす。

夜は、文机の上に、新聞配達の給金で買った、電気スタンドを置き、その直線的な光が作り出す、室内の闇との明暗にわが身を委ねていた。スタンドは、木製の短い杭のような胴体の上にソケットが固定されたものである。フリルのついた青い布で出来た笠の、針金の輪が、裸電球を挟み込むという、素朴な作りのものだ。

部屋の前から縦にまっすぐ走る、長い廊下の突き当たりに、骨董品用の棚がある。ドアを開けっぱなしにして、そのガラス戸の中の、古い木像と並んで浮いている自分の影を、遠くに睨んでいた。深夜、寝静まった闇の中で、座ったままの自分の支配が、ぼうっと、家全体に及んでいることに満足した。

気になっている女生徒と自分との、あり得ない光景を思い描いて、じっとりとしていることもある。別のクラスに、話をしたこともなく、とりたてて、容姿的に際立つところがないのに、どこに惹かれているのか自分でも疑問だった子がいた。その原因が、その子の肌の艶やかかさと、胴体の上部から下部に至る線のふくよかさにあることに気付いたときに、全身にこれまでとは違う疼きのようなものが走るのを知った。

小学校最後の年の春の朝、初めて下半身の一局に滞った、妙に、懐かしくも、言い知れぬ快感の、求めてやまぬ宛先のようなものを、この時否応なく意識した。そんなことを考えてもいいのかと思うほどの、ぎらぎらとした、疎ましい画像が頭に浮かぶ。直流と逆流がぶつかり合い、せめぎ合い混ざり合いながら、熱いものが全身を荒々しく行き交い、激しく出口を求めていた。

一年前の夏ごろから、急激に、隣り町の海辺での、若い男女の生態をテーマにした、ほんとか嘘か分からない小説や映画がはやり出していた。駅前に貼り出されているそれらのポスターのほとんどに、赤い文字で、太陽……がどうの、と大書されている。

はじめに太陽は、季節、と銘打って映画館の看板に現れた。次に、幕末に現れ、後に、墓場となり、かけらとなり、はらわたとなり、渇いていた。氾濫する太陽に囲まれて、綺麗でも魅力的でもない、露骨なだけの画像や字面が、抗いがたい刺激を胸にはびこらせ、掻きまわす。

一時間ごとに暗がりを揺るがす柱時計の音に、何度もハッとしながら、気がつけば朝になっていることもたびたびだった。

授業に戻ってひと月ほどたち、教室の窓から僕は、梅雨明けの外を見ていた。

東西に走る廊下で、教室は南北に隔てられている。北側のこの教室は、ひたすら暗い。窓の真下の地面一帯は、校舎の影が大きく広く浸み込んで、黒ずんでいる。

その向こうは七年ほど前に、火事で焼けおちた校舎の跡だ。放火とも失火とも言われていたが、夏休み中のことで、真偽は不明のままだ。残骸は取り除かれて一応整地されたはずなのだが、砕かれたコンクリートの塊が、ところどころ残っていて、日差しに白く反射している。その先に、クローバーが一面に広がっている。脇にある本部兼三年生棟の外側に、出来たばかりのテニスコートが二面あり、さらに奥に、細かな砂利は混じっているが、陸上競技用のトラックの白線が浮いて見える。道路の向こうの田んぼは、古都との境の山裾まで、青く続いていていた。

一年生だった時、この景色を見、吹き込む風の甘い刺激にさらされながら、僕は未知の世界に向けて、胸躍るものを確かに感じていた。一年前のあの華やいだ気持ちを、時には思い起こし、なんとか取り戻そうとするが、どうにもならない。逆に空しさがつのるだけだ。あの頃の明るい光景は、今の僕にはなぜか、地球の裏側にあった、異国の小学校の画像と重なってしまう……。

二千年にわたって、世界中に拡散していた、その民族の子供たちの学校は、直後に、鉤十字の紋章を付けた、冷たい鉄兜の軍隊に燃やされ、ほとんどの生徒が焼き殺されてしまうのだ。しかし、そんな先行きを知らない子供たちは、その時、永遠の至福を信じてそこに暮らしていた。その歌声さえも悲しく耳に響いて来るようだ……。

今年も、クローバーの濃い緑は、去年と変わらず広場を覆い、本部棟の三角屋根のスレートが、鏡のように陽光を跳ね返している。運動場では、真っ白なトレーニングシャツを着た数十人の生徒が整列しながら、トラックを走り、クレーのテニスコートでは数名のテニスウエア姿が躍っている。それらはことごとく眩しく、まさに生命と若さを謳歌して撥ね合い、こちらの校舎の僕らとは一切関係のないもののように、彼方にある。

遠くの風景が発する反射光の強さは、逆に、僕たちの校舎周辺の暗がりを際立たせているようだ。南の島の特攻基地の片隅にあって、なぜか誰も訪ねることのない宿舎の、ひっそりとした外形が、頭に浮かぶ。その三角屋根の下には、抜き差しならぬ明日の死を、総身の膚にくまなく塗り込んだ搭乗員たちの、ぎらついた生が張り詰めているのだ……。

「そこへ立て！」

強い声があって、僕は教壇の方に眼をやった。二年から僕たちのクラスの国語担当になったグンジが、同級の男子生徒を立たせて叱責している。授業態度が悪いということらしい。足が速くて、陸上競技のスタアであるこの生徒は、正面から教師を見据え、教師の言い分が、見当違いであることを主張している。

平手打ちが、生徒の両頬を往復した。生徒はそれでもひるまず、教師をにらみつけている。往復びんたの音が、徐々に後退してゆく生徒の顔面にうなる。教壇から、後ろの壁まで、向き合ったまま二人は移動し、その間止むことなくびんたの往復は続いた。

成績がいい割には、喧嘩っ早く、自己主張のはっきりしたこの生徒は、僕とは小学校時代からの同級生でもあり、今住んでいる区域も同じだ。当然に近しい関係である。その毅然とした態度に感心し、その気迫をうらやむ一方で、僕の気持ちはその時、まったく別の方角を向いていたのだ。

この暴力教師は、ひと月も僕を教員室に監禁し、床板の上に座らせていたけれど僕には手を上げなかった。それなのに、絶対に不良ではないこの生徒、長距離走のエースであり、僕ほど教師に憎まれていないに決まっているこの生徒に、同じ教師が執拗に、びんたという直接的暴力を加えている。僕にはこの教師の怒りと、それに対する男子生徒の反抗の意思が、直線的に張り合っているように見える。なにかすっきりとしたものがそこにはある。

理不尽に対する抵抗……。あるのは、わかりやすさと、直接性であった。しっかりとした景色になっている。何かが出来上がっているのだ。僕の時との違いは何なのか……。

以前にも同じような感触に襲われたことがある……。

定期試験でほとんど毎回、全校で一番として張り出されている女生徒のことだ。僕自身も一年のころは毎回上位に張り出されていたが、この子にはかなわなかった。一度だけ、一点差にまでつめよったが、以後はあえなく引き離されたのだった。

入学してしばらくは、僕はその子の実際の容貌を知らなかった。しかし、夏場に一点差にまで追いついたときから否応なく意識するようになり、級友に教えてもらって、登下校の際、日毎、その姿を目に留めるようになった。彼女は、学校を挟んで、僕の家とは反対側の、古都の方角から菜の花畑の細い道を掻き分けて登校してきた。質素ではあるが、清潔で、隙のない服装である。背丈は平均以上だったがごぼうのように細くて色黒だった。顔の輪郭は観音像のようにやんわりとしていたが、白目と黒目のくっきりとした対比が印象深い生徒だった。その目からは、修行者を思わせる強く深い光が放たれていた。そして、迷いのひとつも感じさせない、凛とした立ち姿は、いつも崩れることはなかった。

一年生の年の暮れに突然、その子が夢にあらわれた。限りなく深夜に近い未明であることを、僕は夢の中で勝手に了解していた。なのに周りには、日没直後のような明るみが漂っている。校庭のうっすらと白い砂地に、倉庫型の校舎が黒く浮かび、その前に立っている少女の、黒曜石のような目がじっと僕を見下ろしている。古い黒白映画の、フィルムが回る音がジージーと鳴っている。一方で、全然別の方角から、当時はやっていた低音歌手の、夜の空港をテーマにした歌声が響いていた。目覚めて、こんな夢を見たことにうろたえながら同時に、彼女に惹かれている自分を得心した。

そして二週間前、グンジが受け持つクラスと、僕のクラスが一緒の、合同授業が行われた。どういういきさつによるのかはわからない。開始直後グンジが、試験の答案用紙を生徒たちに返却した。グンジのクラスの、一番目に用紙を手渡されたのは、この女生徒だった。グンジは彼女に答案を返すとき、漢字二文字の苗字の、下の文字だけを切り取って呼んだ。しゃれた呼び方があるものだと僕は思った。

その時のグンジの振る舞いは、不相応な気安さをぎこちなく装っていた。答案を受け取る女生徒のほうは、いつものきりっとしたたずまいではない。付けられた点数など見ようともしない。薄ら笑いを浮かべながら屈託なく教師に対応している。大人みたいなのだ。全校の誰からも恐れられているはずの暴力教師に対してである。教師のほうがむしろぶっきらぼうで、腕白坊主が照れ隠しする時のようなのだ。僕は、その雰囲気のただならぬ厚みを感じた。

へえ……、と思ったのだ。

こんなこともあるんだ、結構普通に、学園映画や漫画の場面みたいにやって行けてるんだ……。理解の届かないそうした状態が秘密裏に、それも自然な顔をして進んでいる。自分とは無縁な何かがここにはあって、もしかしてそれはここだけではないかも知れない……。焦りの形をしたようなくぐもったものが胸にたまる。


「お客さんよ」

母が呼ぶ声を聞いた。庭先に新聞専売所の、見覚えのある青年が立っている。夏休みに入って数日後だ。

二か月前まで僕が働いていた専売所には、五人ほどの専従員が住み込んでいたが、そのうちで、もっとも遣り手の店員である。背は低いが肩幅はがっしりとしている。角ばった両あごの間を、薄い唇が一文字に引かれ、メガネの奥の、小さなまなこが油断なく光る。

あんたが配達していた区域を今担当している子が、夏休みの間、田舎に行くことになった。だからその間だけ、頼む……。と言う。

断った。配達をやめてから、集中出来るはずだった勉強にも身が入らないままなのだ。

相手は譲らない。

「あんたの気持も分かるが、あたしの立場も考えてくれ……」

「ずいぶんいろいろ面倒見たつもりだ、不着があっても庇ってやっただろう……」

庇われたおぼえはない……。

「それでまあ、これは内緒だけどさ」

ぐずつく僕の前で、青年は急に顔を崩す。

「あたしは、主人とうまく言っているから」

確かに、頭の切れも体の切れもよく、拡販成績も店一番の男である。店主も誰もがそれを認めている。

「だから、あたしの言うことは、主人は聞いてくれる。こっちからあんたにお願いするわけだから、それなりに面倒は見る。金のことだけど、誰にも言うなよ。三割増し、いや、場合によっては五割くらいは何とかするからさ。保証するよ。なあ、頼むよ。あたしからあんたのお母さんに頼んでみてもいいよ。勉強に邪魔にならない程度なんだから」

結局、夏休みだけという約束で、再び専売所に通い出した。

確かに勉強の邪魔になることはないはずだった。新聞配達をやめてからも、勉強に身の入らない毎日は変わらなかったからだ。

一方で、月千円ほどとはいえ、自分が自由に使える収入がなくなるということに、物質的にも精神的にも、僕の、日常生活が堪え切れなくなっていた。

教科書、ノート、鉛筆、定規などの経費は、なんとか母に無心出来た。しかし、それが、電動の鉛筆削りとか、万年筆などのレベルになると、言いにくいものがあった。化粧品のコンパクトみたいな形だが、前がぽこんと開いて二枚のレンズが起き上がる、双眼鏡も魅力だった。日光写真よりも、はるかに鮮明な画像が映し出される、大きなマッチ箱のような、新型の簡易カメラにも魅かれたし、組み立て式の鉱石ラジオも欲しかった。小さいときに、兄弟共通で一台買ってもらったハモニカだって、もともと、音域が狭いし、いい加減古くなって、汚れてしまった。腕時計だって本当は巻いて見せたかった。近くの質屋の店先に質流れ品が展示してあり、その下に、ふた月分の稼ぎもあれば、何とかなりそうな数字が並んでいたのだ。

「何言ってんだ。金を余分に払うなんて、あたしに出来るわけないし、そんなこと言うわけないだろう！」

初めてそんな話を聞いたもののような顔を強く作って、専従の青年はすぐ顔をそむけた。横で聞こえているはずの店主は、顔も上げない。夏休みが過ぎ、臨時の新聞配達が終わる時、僕の給金袋の中に、青年が約束した割増金は入っていなかった。

一方で僕は、それ以前に、別の新聞の専売所で、仕事を続けることを決めていたのだった。配達中に知り合った同業仲間の引きによるものだ。

「こっちの方が楽じゃんよ。百円安くなっちまうけど、部数の分担が少ねえから、早く終わるし、勉強も出来るじゃん」

配達の部数が半分以下だから、労力も時間もそんなにかからない。勉強に支障はないと理屈を立て、母に言った。母はもう抵抗しなかった。

「そんなに言うなら、信用するしかないわね」

身体が勉強というものを、とっくに受けつけなくなっていることが、僕にはわかっている。だから逆に、新聞配達をやらない真の理由はどこにもないと、実は確信していた。何にしても、金が一銭も入らない生活は、もうあり得ない……。

ある程度長くなれば、同業のいろんな連中との付き合いもそれなりに出来て行く。それも僕には刺激的だった。

町では三大全国紙が拡販にしのぎを削っていた。配達員の確保は、どの販売店でも死活問題となっていた。配達時刻はどこも同じだから、配達員同士はしょっちゅう行き合い、言葉を交わすようになる。各専売店での労働条件、購読契約の解消や変動、顧客の家族状況などについても、情報交換し合う。学校での話の内容とは、かなり様相が違っていて、刺激的だ。

裕福なはずもない、同じ境遇同士の気安さも心地よい。

小学校上級の子供もわずかにいたが、多くは中・高生だ。ほとんどが坊主頭で、半ズボン姿の配達少年たちが、路地を、畦道を、原っぱを行き交う。すれ違いざまに目で合図をし、手を挙げ、声を掛け合う。公園や校庭のベンチで、学校や、店や町の噂をする。時に妙にこじれて、取っ組み合いとなり、別の新聞少年が、飛び込んで仲裁することもある。

《あそこの店はな、結構良くしてくれるじゃん。おれっちもいろいろ面倒見てもらったさ。親父さんもいい人でさ。でもよ、ちょっとばかし条件が低くてよ》《そうそう、おれはそれで移ったんだよ。引きもあってさ》《おれっちは逆だよ。気持ちだよ、気持ち。金ばっかしじゃねえもんな》《ああ、あいつはもうやめたよ。あいつに配達は無理だよ、家はエリートサラリーマンじゃん。もともとこんな仕事やる必要はねえわさ。おれから見たらお坊ちゃんの遊びってことよ。そんなもんじゃねえわさ。仕事は仕事だわ。遊びじゃねえ》《おれっちはさ、家に金ねえし、勉強なんてやったって何にもなんねえから、すぐ働くさ。職人になるさ。ほら、あいついるじゃん、同じ学年の。あいつのとこで働く。親父は植木屋でっかくやってて、あの一帯の職人の元締めよ。あいつああそこの総領だから、親父の跡を継ぐさ。おれもあそこでやって行くんだ。おれの頭じゃ勉強なんて入ってこねえじゃん。もう親とも話はついてあんから》《おめえなんかとは違うかも知んねえけんど、自分で何でもやりてえじゃん。

早くにようう。学校なんてもういいさ》《おれは今は夕刊だけだからよ。おめえ、いつまでやんのけ？》《おれはもう行くからよ、こんなとこでくっちゃべってちゃ仕事になんねってもんよ》

早口のこの連中と話していると、生まれる前からの地元との深いつながりを感じる。どっしりとした土着感がここにはある。それぞれの「生」をまるごと、その日、その場の営為が引き受けているような感じだ。とってつけたような飛躍も梯子も必要がない。ここではずっとxはxであり、xとして発展して行くに違いない……。

大人っぽい関係に身を置いているようで、僕には浮き立つものがあった。同時に、実はそこにうまくおさまっていない、不安な自分もからだの中に居た。自分などは所詮、占領地からおめおめと逃げ帰って、この地に取りついた引揚者に過ぎないと、思い知らされているようでもあった。

幼いころから、家での話のかなりな部分は、大陸での生活の延長上にあると言えた。家のうちそとでも、ところどころ隣国で使う名詞が無造作に飛び交っていたのだ。

寝床で、両親の会話を襖越しに聞いた。職場で、誰かが遠い北の大地へ異動することになり、父もその候補にあがっているという。悪い話ではなかった。

二学期になってから僕は、小学校の同窓会をやろうと勝手に決め、その理由となるネタ探しに集中していた。輝かしかったはずの小学校時代を再現する必要を感じていたのだ。もちろん、自分を中心にしてである。そういうことでもなければ身が持たないような、上ずったものに、この時期せっつかれていた。

父にも可能性のある北国への転勤話は、格好の理由になると思われた。父が転勤ということになれば僕自身も、みんなの前から居なくなる。今のこの、わけもなくこじれたうっとうしい空間から消えるのだ……。以前北の大地から来た転校生に対して抱いた、憧れのような感情もこれに拍車をかける。今度は僕自身がその憧れの対象になるというのは、十分気に入ることだった。

小学校時代のクラス担任に持ち掛けることにした。父親の転勤の可能性を話し、僕の送別の意味を込めて同窓会をやりましょう、と言うのだ。こういう話は、直接自宅を訪問した方が効果的だ……。

小学校卒業時の担任教師は、隣町の古都に向かう街道筋の、大きな古い民家に住んでいる。以前は近辺村落の名主だったという。

卒業後中学校で、目覚ましい活躍をしていると評判の、元教え子がわざわざ訪ねて来るのである。喜ばれないはずはないのだ。自慢できそうな成績だったのは一年間だけだったが、そんなことはどうにでも繕える。それに、この名主教師は、昔からよく生徒たちを自分の家に呼んで、うまい飯を食わせてくれた。それも十分期待できる。

教師は、僕が小学生のころ、すでにおじいちゃんだった。同僚の教師はみな、この担任に一目置いていたが、それはこの教師の長年の豊富な経験のためだとみんな思い込んでいた。

小学校五年になった時の最初の授業で、この教師から、初めて予定表が配られた時は、クラス中が歓声をあげた。予定表の四時限目、つまり、午前中の最後の科目が、すべて体育になっている。四年生までは体育の時間は週に二時限ほどだった。それがこれからは、月火水木金土の六日間、毎日体育の時間があるのだ。ほかのクラスに聞いても、こんな無謀な予定を組んでいるところはなかった。

おじいちゃんの割りに、この担任の動き回る姿は若々しかった。いつも生徒たちの先頭を走り、はるか遠くにボールを投げ、一番高い跳び箱を飛んだ。それも当然で、後からきちんと情報を整理して計算してみると、教師は当時、四〇代の半ばを過ぎたかどうかだったのだ。

不幸なことに、顔が完璧に老けていた。体育の時間が終わって、背広姿に戻った途端、教師はすっかり干からびた年寄りに戻ってしまっているのだった……。

「それはいい話だ、同窓会を是非やろう……」

僕の熱意にほだされた教師は、軽く賛同してくれた。そのお墨付きを武器に昔のクラスメート何人かの協力を取り付けて、僕は同窓会の実現へ始動する。

小学校の同窓生は、ほとんど全員が、この、同じ中学校に進んでいる。今、僕の隣に座っている男子生徒も、小学校時代の同級生だ。坊主頭のふっくらとした丸顔で、小太りの身体から、柔らかい人柄がにじみ出ている。全体の動きがゆったりとしていて、激しく動くということは全くない。片方の眼に障碍があり、白っぽく霞がかっているが、もう片方はくりくりと愛くるしい。いたずらっぽく冗談を言う時の口元が、何とも言えないおかしさを誘う。その表情に、僕に対する絶対的な信頼の所在を、確信することが出来た。この重たく黒ずんだ学年期にあって、僕にとっては唯一、幸福な関係を醸し出してくれていたのだ。

その友人が、この二日休んでいる。風邪をひいているということだ。事実、悪性のインフルエンザが、周辺とこの国全体を襲っていた。隣国大陸の東端の都市から、前年の初夏に渡って来たのだが、この年の秋口から、第二波として猛威をふるっていた。

しかし、それと関係なく、僕の頭に三日前の重苦しい光景が宿る。

秋雨の冷たい日だった。昼休み、体育館兼講堂の、舞台付近に人だかりが出来ていた。白く浮き上がったコンクリートに、なにかがどろんと横たわっていた。近づいてみれば丸顔の友人であった。顔を両手で覆っている。弱い方の眼を必死でカバーしているようにも見える。動かない。

「どうしたんだ。大丈夫か。誰にやられたんだ！」

僕は取り囲んでいる生徒たちを見回す。丸顔の頭の脇に背の高い生徒が、気を付けの姿勢をして突っ立っている。まさか、と思った。

クラスの委員長なのだ。いつも全校でトップ争いをしている生徒で、人柄もよく面倒見もいい。スポーツも万能で、クラス対抗のどの種目でも、リーダー的立場に居る。何よりも言葉遣いに育ちの良さがにじみ出ている。クラスメートの誰をも呼び捨てにしないし、仇名でも呼ばない生徒だ。男子には《君》、女子には《さん》をつけて、きちんと苗字で呼んだ。クラスで、この委員長に敬意を払わない者はいなかった。

その委員長がひくひくと泣いているのだ。引きつった顔の醜さに、加害者の素顔を見て、僕は凍り付いた。どうしちゃったんだ……。

殴り倒されたのは、優しくて人のいい、身体も頑丈とはいえない生徒であり、すこし障碍があっても明るくて、僕とは仲良しである。倒したらしい一方は、暴力などとは無縁の、模範的人格者の委員長であり、当然これも、僕の親友の一人である。どう考えても絶対にあり得ないし、あってはならない事実だった。

「何があったんだ？」

ぼさっと突っ立っているほかの生徒に詰め寄る。

「いや。なんだかわからないうちにこんなことに、いきなり……」

とりあえず僕は、一人を誘って、丸顔を抱き上げようとした。その身体の重みは、起き上がる意思が、どこにも行き渡っていないことを示している。眼を開けてくれ、と言いかけて、自分の言葉の恐ろしさに怯えた。

重たく湿った時間が過ぎ、突然立ち上がった丸顔が、他人のようにすっと歩き出した。さあっと、囲いが解かれて、ごく自然に全員で送り出す形となる。僕は途中まで追いかけてやめた。

想像を絶する亀裂が、この空間に走ったのだ。気の利いた繕い方があるはずもなかった。委員長は立ちつくしたままだ。僕はこの結末に自分が参加することはあり得ないような気がした。原因も実態も知りたくない……。

それから丸二日たっている。委員長は、いつも通り登校している。少しく顔付きに緊張を残しているが、もちろんもう泣いてはいない。この件については何も言わない。担任教師がこの件に触れた気配もない。丸顔はどうしているんだろう？

このころ、僕が受け持っていた夕刊の配達区は、駅の西側にある山の麓一帯だった。休んでいる級友の家は、その山の裏手にあり、決して近い距離ではないが、配達帰りに訪問出来ないことはない。しかし、こんな時に行けば、あの事件のことと関係づけられるのは間違いない。逡巡したが、同窓会の話のためなら、気にせず訪問していいんだと、思い込むことにした。同窓会発案者としての自分の義務なんだから……。

夕刊の配達が終わり、僕は、山の勾配に沿って土砂混じりの道を上がって行く。藁ぶきや瓦ぶきの平屋建てが、小雨の向こうに連なっている。すその濡れたズボンを、沈みがちな気持ちとともに重く引きずりながら、目的の家に辿り着いた。思いがけず新しい造りの家の、硝子戸をたたく。ともかく、明るく元気よく訪問しようと思った。なにごともなかったように。

夕方の雨で、玄関は薄暗い。ぱちっと灯りが点くと、僕はけれん味なく硝子戸を引き、学帽頭を中に突っ込んだ。

灰色のジャンパーを着た高校生、それも高学年と思える男が立っている。面高できりりとした顔立ちである。丸顔の友人とは全然似ていない。それでも兄貴なのだろう。

僕は勢いをつけて、自分の名前を告げ、級友の名を言う。

「よろしくお願いします」

相手は突っ立ったまま、こっちを睨んでいる。気まずい数秒間のあと、強めの声が玄関に響く。

「用件はなんだ」

男の、吊りあがった眼ととんがった口元が、友達ではない現実を、否応なく僕に押しつける。

「小学校の同窓会のことです」

男は睨みつけている。何かを、見透かされているような気がする。早く呼んでくれ……。

「それはまあ、いいけどよ……」

余韻に、敵意の所在を相手にはっきりと認識させようとする意思が籠る。この気配は、三日前に学校であったことと間違いなくつながっている……。

「おまえよう」

僕の頭の中で言葉が構える。

自分がやったんじゃない……。事情も知らない……。誰がやったのかも知らないし、知ってても言わないぞ……。

「はい？」

「ひとのうちに来たんなら、帽子ぐらい取れよ！　ものを頼むんならそれらしい態度をしろよ、おい！」

つい、すみません……、と学帽を脱いだ。男は引っ込んだ。

丸顔が出て来た。顔が赤い。恥ずかし気な笑顔がちょっと懐かしい。自分が殴られた事件のこと、風邪をひいたこと、今の兄の対応のこと、それらの絡みが、その笑いの中に見てとれた。息が上がっている。声を出すのも苦しそうだ。

簡単に、同窓会の趣旨と日時・場所について説明し、参加の約束を得て辞去する。

玄関を出て、十数歩進んだろうか。丸顔が蛇の目をさして追って来た。

「ほんとに、ほんとに転校しちゃうの？」

ぜいぜいしながら、やっとのことで言う。頬が歪んでいる。

「まだ本決まりというわけじゃないよ」

「でも、いつだよ。いつまで一緒に居られるの？」

「わからないよ。日取りまでは」

「すぐかもしれないんだね。それなら、おれは、明日から学校行くからね。ね……」

くるりと背中を向けて、丸顔は恥じらうように戻って行く。その後ろ姿に胸が締め付けられ、熱いものがせり上がる。すぐにも謝ってしまいそうになった。

僕の家が、遠くに引っ越してしまうという話は、もはや既定の事実として、近隣に広がっていた。

「何も決まってないのに、どういうことなの？」

不審げに訊く母に答える。

「いいんだよ、もしかして、なんだから」

同窓会までのひと月の間、転勤話そのものには何の前進もなかったが、僕はことの成り行きに身を任せていた。

インフルエンザの未曾有の蔓延にかかわらず、送別会同然の同窓会が、同級生の三分の二ほどの参加を得て盛況のうちに始まって、終わった。名残惜しげに近寄って来る元クラスメートに対して、《もしかしたらだけどね》を連発しながら、僕は決別の味を堪能し続けた。

しばらくすると、家の中でも転勤の話は全く出なくなった。

インフルエンザは、首都圏のみならず、一家が移住したかもしれなかった遠い北の国まで、席巻していた。世界で百万人以上の死者を出したこの疫病は、翌年の春まで、この国に居座った。

「まだ行かないの?」

しばらくは尋ねる友人もぽつぽつ居たが、僕はやんわり受け流し続けた。

「まだ決まらないんだ。もともと、もしかしたらという話だからね……」

空を見ては、凧揚げへの思いに浸る。幼いころ、得意中の得意だった凧揚げは、小学校卒業とともにきっぱりやめている。理由は僕自身にもわからないし、それでよかったのかどうかもはっきりしない。ただ、今となってはもう、自分が凧揚げに戻ることはないだろうということだけは知っていた。その代わりだったのかどうか、新聞配達の給金で、つがいの鳩を飼うことを親に了承させた。

鳩籠はみかん箱を改造してこしらえた。餌やりや、糞の掃除のほとんどを、高校生の兄がやってくれた。そのため、鳩は当然に、飼い主の僕より、兄のほうになついているようだ。

十分家に慣れたと思え、放し飼いにした初めての日、二羽の鳩は帰って来なかった。鳩は、ほかの群れに出会うと、引き込まれて、そっちの家族になってしまうとも聞かされていた。

あきらめかけた五日後の夕方、がたがたという音が鳩籠の方から聞こえた。兄の歓声に、部屋を飛び出して見ると、鳩が四羽、狭い籠にひしめいて居る。その姿は、どこかに置き去りにされ、長い彷徨を経て、やっと実家にたどり着いた息子たちのように見えた。ぎらぎらした黒目は、石灰質の白目から飛び出さんばかりだ。くちばしの根元の鼻瘤から風を吹き上げ、首をひっきりなしに前後させ、羽をこすり合わせながら籠の中をわさわさと行き来している。

たった五日の不在だったが、すっかり大人びている。僕よりもはるかに年長になってしまったようだ。その挙動は青年のとげとげしさにあふれている。前と同じやつらには全然見えない。足の鑑札を見ると、二羽は確かに、うちの鳩だ。あとの二羽はほかの群れから、引っ張り込んできたのだ。すごいやつらだ……。

鳩たちはなにも言わない。しかし、長い道のりをこの家へとひたすら向かって来たその営為と心根を思うと、いとおしさに、主人の僕は、涙が出そうになる。

十分休みをとり、実家に慣れ親しんだはずの鳩を、半月後にふたたび放って見た。ゆったりと上下に波打ちながら、四羽が飛び交っている様は、長い間一緒に暮らしている家族のように見える。心が和み、僕は手を振る。四羽は、二階の屋根のはるか上を、何回かともに旋回してから、西に向かい、曇り空に消えていった。

五日たっても鳩たちは帰って来なかった。十日たち、ひと月たったが、一羽も帰って来ない……。

前回、最初の長旅から、艱難辛苦の果てに戻った時のこの実家は、すでに何かが違っていて、きみたちの居つく場所ではなくなっていたということなのか……。僕らにとってはたかが鳩の不在でしかなかった前回のあの五日間、天空のきみたちには、僕らの知らないどんな現実があったというのだ……？　きみたちは実は、きみたちが連れて来たあの二羽の鳩の方の、家族になってしまっていたのか……。

毎日、上空を悠々と舞っている、飼い主不明の鳩の群れを見上げ、自分の鳩が混じっていないかと目を凝らす。その後半年あまり、鳩籠をそのままにし、帰りを待った……。

その年、天空の月が凍り始めたころ、北の大国の人工衛星に押し込められた、一匹のどうでもいいような犬が、大気圏外に放り出された。犬はすぐ、誰もいない宇宙で、孤独の中で死んだのだが、当初は数日間は生きていたように報道された。その死が発表されて以後は、宇宙開発への発展に貢献した尊い犠牲者として、新聞紙上で連日、写真入りでもてはやされた。恐怖のきわみで悶絶しかけているそやつの、力ない目がキリキリと僕の胸を刺す。

犬は宇宙開発など何も知らないし、当然その意義も栄光も関係ない。あるのは、古今東西の犬の歴史上、どんなやつも経験したことのない、究極の恐怖だけだ。突然無理やりカプセルに押し込まれて、無人の、犬一匹いない宇宙に放り出され、予定どおりあるいはそれよりとっくに早く死なされたのだ。それを生きている人間が絶賛する……。

その脈絡のすさまじさに中学生の僕はおののく。半年前、教員室に座らされていた時の気分が蘇る。あのとき僕自身も、教員室というカプセルに閉じ込められて、不可解さという宇宙を、当てもなく浮遊していた。こっちは死んじゃうことはなく帰還できたが、それ以来、この地球では、何もかもがしっくり行かない自分がいる。本当にここは、僕が以前住んでいたあの地球なのか……。

その犬は片仮名で、気の利いた名前で呼ばれていたが、それが、犬の種類の名前なのか、固有に付けられた名前なのかは僕にはわからない。しかし、たいした血統ではないことは確からしく、それがまた、ことの残酷さを際立たせる。

こんな役は、せめて、血統的に抜群で、生前は金持ちにちやほやされ、いい暮らしを満喫していた犬どもにやらせればいいではないか……。

絶望的に不幸なだけの犬の境涯と、悲惨きわまるその終焉に僕は戦慄する。

あいつは、カプセルが飛び立った瞬間、これは芝居の中のことに違いない、と思っただろうか……。地球から放り出されてから死に到るまでのわずかな期間、以前居たであろうただの犬小屋で、自分の不在を感じてくれている誰かがいるとかいないとか、そんなことに思いを馳せただろうか……。


僕の後ろは、少し顔色は悪いが、清楚で、落ち着いた雰囲気の少女の席だった。片側の髪を結いあげてゴムで止め、いつもピンクもしくはブルー、あるいはオレンジ、そしてときには黄色の、決まって薄めのカーデイガンを羽織っていた。教科書を朗読するときの知的でやわらかい語り口は、絶品だった。もちろん僕はほかの、ほとんどの男子と同じように彼女に好意を持っていた。

ところが、夏休みを過ぎて、ひと月半ぶりに登校してきた少女は、驚くほど様変わりしていた。げっそりと落ちた頬は土気色を超えて、緑がかった灰色になっている。強く優しい光をたたえていた目は窪み、不安そうで疑い深げな陰がよわよわしく瞼に澱む。痩せた上半身をかがませて、力なげに歩くさまは、全身が地面に引き込まれていくものの重たさを感じさせる。

何かがあったのだ。この夏休みに。間違いなく彼女の家で……。

僕は、その原因を、他人が考えてはいけないことに違いないと思った。

あの子の身に起こったことはあの子自身でも理解できないほどのことなんだ……。

具体的な事実のイメージが明確に浮かんだわけでもない。しかし、僕が受け止めた印象は、なんとなく僕自身をぞっとさせ、やり切れない気持ちにさせるものだった。なにごとがその身に降りかかったのか、はっきりとは理解出来ないがしかし、永遠に消えることのない衝撃がいたいけな少女の心身に刻印されたのだ。であればその、わけのわからない不幸さ加減は、自分にも覚えがあると受け止めてもいいのだと僕は思った。

原因となる事態そのものなど、知る必要はない。自分の目の前に、今、こうした弱り切った少女がいる。それだけが僕という自分に与えられた現実だし、それがゆえに僕にしか出来ない何かがあるに違いない……。

翌朝僕は、登校してくる少女に声をかけた。

「どう？　元気なの？」

少女はいぶかしげに僕の目を見つめ、そして、恐怖の素をそこに見つけたもののように、みるみる青ざめた。すっと顔を背けて歩き出す。

僕は動じない。翌朝も翌々日も、真っ先に走り寄って声をかける。

「大丈夫だよ、心配しなくても」

と笑いかけ、

「やっていけるさ。怖がらなくてもいいんだ」

とも言ってやる。

「これからだから」

「みんなつらいんだから」

いつまでも、少女からうち解けた反応はなかったが、僕は、毎朝の声かけをやめなかった。

二週間ほどこれが続いたある日、少女は学校を休んだ。

三日後、登校してきた少女を目ざとく見つけて僕は走り寄る。

「元気でよかった。どうってことないよ。大丈夫、大丈夫」

翌日から少女は学校に来なくなった。僕にはその理由がわからない。しかし、これも突き止めてはいけないことだ、ということだけは理解しているつもりだった。

それでも、少女の家の前を何度か行き交ってみた。出会ってしまった時の、自分のうろたえぶりを恐れながら、学校帰りの偶然を押し通す覚悟に支えられて、大胆にも道路の反対側に佇んでみたりもした。しかし、その瀟洒というほどでもないが、格式を感じさせる小さな洋館の、鉄扉を叩いてみる勇気は僕にはなかった……。

　年の瀬に近いころ、この国の軍部が戦前に、隣国の大陸に作ったカイライ国家の、最初で最後の皇帝という人の姪が死んだ。まだ未成年の、愛くるしい娘さんで、同級の男子大学生と一緒に、歌謡曲で知られた山の中で心中していたのだ。僕が住んでいる地域の、西側県境の向こう側にある山だ。

　その直前の振る舞いが、これから死のうとするもののそれではなかったと、娘の母親が克明にそのさまを再現して訴えていた。これまでも何度か、一緒に死んでくれ……、と、相手の男性が、嫌がる娘に詰め寄っていた、という学友たちの話もある。

　山中でその時、自死をやめさせようと、男性を必死に説得していた娘に向けて、放たれた弾丸の一発目は頬をかすめただけだったらしい。でもこの男性はめげずにやり直して、やはりきちんと、恋する人を撃ち殺して、そのあと、自分の脳を撃ちぬいたという。そんな無体なことが、なぜか起きてしまったのだ。

　木の根もとに斃れている女性のほっそりした二本の足と、男性の厚ぼったいコート姿が並ぶように横たわっている写真があった。

　身震いした。

　違うんだ。この二人はそんなんじゃない……。この人たちはこれ以上ないほどに、完璧にずれてしまっていたのだ。なのに、死ぬ直前も死んだ後も、あたかも同じ時、同じところに居てしまっているのだ……。

どちらのものかわからない鞄のかげで女性の顔は見えない。死に顔の写真の掲載は控えたのかもしれないが、けなげにも自ら、死んでいる自分の顔を隠しているようにも、僕には感じられた。彼女は少し横向きで、静かに寝ているようだ。男性の方も、紙面からは切れていて、顔は見えないが、仰向けの厚いコートと腕が映っていて、それとはっきりわかる。よく見れば、女性とは少し離れている。頭の向きの角度もずれている。写真の二人の横たわり方が、なんとなく取ってつけたもののようにも見える。自分の思惑通りの形になっていないことを知らないままに、男性は傲然と、実は一人で死んでいるようなのだ。

おそろしかった。人間は勝手に思いつめてしまうと、こんな凄まじい結果すら生めてしまうのだ。

後ろの席の少女が、登校しなくなった理由のどこかに、自分のこれまでの行為が、釘のように、はさまっているのかもしれない……。

その想像は僕を凍りつかせた。釘は傲慢につきささったまま錆びて、赤く周辺を腐食していく。自分の行為が少女にとって、そんなにおぞましいことだったんだとしたら……。自分だって、へんに思いつめたらどうなるかわからないのだ……。頭を振って恐怖を払いながら僕は、少女が学校に来なくなったことで僕自身のほうが、あやうく救われているような気分に行きついた。だとすればずる過ぎる……。何かしなければ身が持たない……。

それからの僕の動きは、模範的な善人を気取っているもののようであったと思う。僕は、登下校中、道端に落ちている紙くずを拾いはじめ、学校の玄関付近に倒れている自転車を起こして整理し、また、ずれた床板を金槌でたたいて戻し、放課後各クラスを見回って、石炭ストーブの灰をせっせと集めて捨てたりし始めた。また、日記や、自分で創作した小説風の作品めいたものを、グンジに提出して評価を求めようとし、自分の娘の勉強振りについて相談を持ちかけた同級生の母親に、不相応にもきいたふうな私見を、述べたりしたのだ。

駐留軍の軍事演習場で、中年の女性を撃ち殺した金髪の兵士が、年をまたぐ直前に、母国に帰った。

遡って夏のさなか、駐留軍キャンプ内で行われた、兵士の結婚式の写真が新聞に載っていた。白いヴェールをかぶって、にこやかに兵士に連れ添っている女性。この国の、花咲く季節の名を冠した女性の、幸せいっぱいの、ふくよかな笑顔が、僕の胸にねばりつく。なぜか、以前、学校にグンジを訪ねてきた若い女性の顔が、脳裏に浮かんだ。

「こんなこともあるんだよね……」

ぼそっと父がつぶやき、

「この人、向こうでやっていけるのかしら」

下を向いたままの母が言う。

息の詰まる思いだった。

戦争じゃない。人殺しなんだ。こんなやつでも本当に好きになれるというのか……。こんな相手でも結婚したいのか、結婚できればうれしいのか。女の人がわからない……。

裁判権の所在をめぐって、この兵隊の本国から、相当の圧力があったらしいことは聞いていた。しかし、この種の事件では珍しく、本国ではなくてこの国の裁判で審理され、下された判決は、懲役三年執行猶予五年というものだった。

《事件は、被害者が明らかに自分の安全を無視して立ち入り禁止区域に入ったため起きた。安全規制を無視した場合、重症、死亡が起こることを県民に徹底させてほしい……》《公務中、上官の命令によって、自国の財産を守るために行った正当な行為……》

殺された女性と同じ国の弁護人が熱弁をふるい、

《機関銃を守るため、薬きょう拾いを追い払おうとした……》《危険な立ち入り禁止区域に入って、無秩序に行動した農民にも責任がある。わざと命中するように撃ったのではない……》

と、これも同じ国の裁判官が断じ切る。

演習場の中で、すぐ近くに呼び寄せられたあわれな標的。距離七，八メートルからの確かな水平撃ち。背中に照準を定めておもむろに引かれた引き金。銃口から一直線に、ずぶっと胸の中心に喰い込んだ空薬きょう……。

そして兵士は、ヨコハマの波止場から船に乗って、碧くない目をした新妻を連れて、颯爽と帰って行った。帰り際に兵士は言い残す。

「コノクニノ　ヒトタチハ　スキダ」

母国も故郷も、元凶暴な敵国で今は従順きわまる未開の国の、どうでもいい貧乏なおばさんを、狙いすまして軽くこの世から消去した、紅顔の英雄をたたえ、その凱旋に湧きかえる。

ママサン　ダイジョーブ　タクサン　ブラス　ステイ……。


大晦日から元旦にかけて、専売所は大わらわである。元旦朝刊は、通常の三倍近くのページ数がある。それに、広告のチラシが、新聞本体なみの枚数になる。これを折り込むのは相当な難事業だ。そして、この配達量では、一回では抱え切れない。数回に分けて持って出なければならないのだ。当然、早朝一時ころから作業に取り組むことになる。

配達少年たちにとって、元旦の未明というのは特別な日である。寝ていようが起きていようが、大概の人たちが家で年を越している。そんな時、まだ大人でない自分たちだけが働いているというのは、結構刺激的だ。元旦配達には、ちょっぴりだがご祝儀も出る。作業も会話も弾んだ。

闇の深く落ちる中、店の前に一台の車が止まった。新聞の配送車ではない自家用車だ。濃紺で、マッコウクジラのような顔をしている。この専売所の長男の車だという。時々店で見かける二〇歳くらいの男の顔が、運転席に浮かび、その友人と思しき男女が後ろに見える。直後、店の奥から、中学生くらいの娘が飛び出し、勢いよく助手席に乗り込むと、エンジンの音高く車が走り去った。

「こんな時間にどこへ行ったの？」

棚からチラシを下ろしている同僚に僕は聞く。隣の古都の由緒ある神社の名を相手は言い、

「初詣でだよ。海岸で初日も拝むのさ」

と言う。

「毎年行くんだ。ここの兄貴たちが、車で……」

へえ、と思った。そういう世界もあるんだ……。こんな、新聞の専売所なんかでも、店主の息子や娘はそうなんだ……。こっちは今、この店でみんな働いているのに……。

正月中に別の引きがあって、僕は、休み明けからいきなり、牛乳配達に替わった。給金が

五割増しにはなるという。配達用以外に、通いのための自転車を別に貸してくれるのも魅力だった。普段は自分で好きに使えるのだ。

牛乳の専売店は、町の北側の川を超え、山というほどではないが木々に深く覆われた、急な坂道を越えた先にあった。家からは自転車でも二〇分ほどかかった。

牛乳配達に替わったことは母にも父にも言っていない。親の意向を無視して、この種の仕事に、ますますのめり込んで行くような印象を、わざわざ与える必要はない。新聞も牛乳も配達時刻はたいして変わらないから、知られることはないと踏んだ。

ばれたのは、ひと月ほど後である。

同じ町内に、ひときわ目立つ豪壮な屋敷があった。この国随一の家電メーカーの大工場が、家と学校との中間にあり、その工場長の自宅である。そこは、僕の配達区域ではあるが、駅方向とは反対側で、僕の家族の日常的な動向からすれば死角とも言える位置だ。まず、家族に出会う心配のない区域だった。

その日、豪邸の前に停まっていた、これも最高級と思われる外国産自家用車に、僕の配達用自転車が触れてしまったのだ。ほとんどの都市を瓦礫に変えて、ついこの間までこの国を占領していた世界最強国の、有名な大統領の名がついた超大型車だ。奴隷解放という偉業をなし遂げた大統領で、弱者の味方という看板の割には、その名を戴いた車の方は、権威と財力を独り占めにしたような居丈高さである。

豪邸につながる道に自転車を漕ぎ入れて、だんだんと高級車の後姿が大きく見えて来るにつれて、僕はある行為に抜き差しならぬ意義を感じ出していた。屋敷の塀と車との間に、狭い隙間が見える。超豪邸と超高級車のまさにその間隙を、一人の極貧少年が、自転車で堂々と通り抜けることがそれだ。一本宛て一円にもならない配達料の、牛乳瓶を満載した中古自転車が、である。そういう事実をこの場に打ちつけること。その意義と栄光は徐々に僕の体内で、絶対的価値へと醸成され、それが膨らみ切った勢いで、一気にそこへ侵入したのだった。

入り込んでみれば車道と塀を接合している部分の傾斜が思ったよりあって、左右のハンドルを握る力に微妙な差が出来た。それで、全体のバランスがほんの少し崩れた。

後輪付近に、わずかな抵抗を感じたが、なんとか、無事通り抜けられたと安堵したその時だ。

「待てよ!おい」

黒い背広を着た若い男が、運転席から飛び出して来た。

「ちょっと待ってろ!」

車の前を回り込み、大きな体を折り曲げて、後部座席のドア付近を覗き込む。

「あ~あ……」

わざとらしい大声を出して、運転手は僕を睨みつける。

「何やってんだ、この野郎。どうしてこんなところを通ろうとするんだ」

「だって、道路だよ。通っていいんだよ」

「馬鹿野郎！　なんで、この広い方を通らねえんだって聞いてるんだ。なんで狭い方をわざわざ」

「いや、あの、通れると思ったから……」

もぞもぞと口ごもる。運転手の声が上ずる。

「なんなんだそりゃ」

「と、いうか、あの、通りたかったし……」

「この野郎！　ふざけてんのか！」

大男は、僕の胸ぐらをつかんで引きずり、後部ドアに顔を押し付けた。

「いいか。この傷をみろ！」

坊主頭がくっきりと映し出された、黒光りしたドアに、かすかに、佩いたような薄い雲が浮いている。

直後、運転手はふっと手を離して、胸ポケットから煙草を取り出して吸い始めた。突っ立っている僕と自転車を眺めまわしている。気持ちを落ち着かせているようでもあった。

「そこに居ろよ」

吸い終わると再び、しゃがんで車の傷を見つめ、そっと撫でている。傷の程度を確認しようとしているらしい。

「おまえの家に行って話をつけるからな。どこに住んでるんだ……」

少し迷ったが、あっちだと、僕はいい加減にそれでも、どっちかというと家のある方角を指さした。運転手は、車のドアを見つめたままでこちらを見ていない。不誠実なやつに思えた。

「並みの車じゃねえんだ。塗りが全然違うんだ。部品も塗料も、そこいらにはねえんだぞ。十万は下んねえぞ。おい」

当惑した。運転出来なくなったわけでもないのだ。車とは乗るためにある。乗るには何の支障もないのだ。それによく見なければ分からない程度の傷だ。そんな大げさなことなのか……。

僕にとって、生活に必要なものはくまなく、汚れたり、傷がついたりするものだった。家に、傷のない物、新品同然の物など何一つなかった。自動車というものが、ほかの生活用品と、それほどに扱いが違うものだということの実感が湧かない。それに、こんな程度の傷を治すのに、十万円もかかるというのは、僕のこの頭では受付けようがない。でもほんとだったら無茶苦茶やばい話ではある。

今の給料の五年分は超えてしまう。高校にも行けないぞ……。

運転手の目は、まだ、傷のあたりを、厭味ったらしく舐め回している。

僕は素早く自転車に飛び乗った。超大型の大統領車が、一回転するにはそれなりに時間がかかることを頭に入れ、反対方向へ向けて必死にペダルを踏んだ。駅前の、勝手知ったる狭い路地をグニャグニャと回り込みながら、逃げおおせたかなと思って、停止してから愕然とした。自転車のサドルの下に取りつけたブリキ坂には、牛乳専売店の名前と住所が派手派手しく書かれている。タバコを吸いながら運転手は、そこを確かに見ていたのだ。

これは逃げ切れない……。

帰宅した息子からこの話を、歯切れ悪く聞かされた母は、軽やかに工場長の家へ飛んで行った。その家の奥さんとは町内の婦人会かなんかの付き合いで、よく知っている仲なのだと言う。

《いいんですのよ。車をずっと道路に停めさせておいて、かえって御免なさいね》

お金持ちのやさしいご婦人が、そう言ってくれたと、帰って来た母が、にこやかに言う。

《牛乳配達やってまじめに働いて、お勉強もよく出来ると聞いていますよ。素晴らしいお子さんがいて幸せね》なんて言われちゃったわよ……。

うれしそうだ。子供に牛乳配達をさせて、ひとに迷惑をかけさせるような、貧乏人の困った親だと、実は思われちゃっているかも、などとは全く思いつかないらしい。新聞配達から牛乳配達に替わっていたことについても、母は何も言わなかった。

第三章　天地の隙間

明日の風

その歌を初めて聞いたのは、二年生の年度末、それも相当に押し詰まったころだ。

僕たちのクラスは南側の教室に移っていた。廊下を挟んで、それまで北側だったクラスと南側のクラスが、教室を入れ替えたのだ。南側とはいえ、日当たりがいいというわけではない。隣りに体育館兼講堂となっている同形の倉庫型建物が、わずかな隙間を隔てて建っているから、二階の上部付近を除いては陽が入らない。

昼休み、体育館の、ところどころ破れ目のある薄い壁板を通して、混声合唱の声が、高く低く漏れ出て来た。間もなく発表されるはずの新しい校歌を、三年生が教えてもらっているという。

妙な気がした。卒業まであと何週間もない。すぐに三年生は、この学校の生徒でなくなるのだ。誰もがそれをわかっている。今更、この学校の校歌を覚えてどうなるんだ……。

何度も何度も合唱は繰り返された。そのたびに、歌声は全体に馴染み、張りも出て、節度ある抑揚とともに、躍動感がみなぎる。みるみる上達して行くのが、隣りの校舎から聴いていてもわかる。改めて思った。

みんな、そんなにこの学校が好きだったのか……。校歌なんてものを歌いたかったのか。

もう歌うチャンスはほとんどないというのに、この熱心さはなんだろう……。

わずかながら、胸に熱いものがこみ上げる。

しかしこの歌は、直後の卒業式には歌われなかった。まだ、正式に制定が決まったわけではなかったから、公表されていなかったらしい。教師たちが気を利かせて、卒業する生徒たちへのはなむけに、先行して教えてやっていたのだ。

この中学校に校歌というものがないことについて、これまで表立って話題になったことはなかった。そもそも僕は、小学校時代でも、校歌を歌った覚えがない。ずっと以前に、町の田園風景を主題にした、のんびりした節回しのそれらしいものがあったようで、兄が口ずさんでいた記憶もある。僕自身の耳元にもそのメロデイが、かすかに残っているのだが、どういうわけか、小学校在学中は、それを正式な校歌として教えられたことはなかった。中学校では、そんなものすらなかった。

ともかく今年、校歌が出来た。

三年生になった直後に、校歌発表会が、体育館兼講堂で行われた。級友の列の後ろのほうに混ざり、居並ぶ坊主頭の間から、僕はぼんやりと舞台を見やっていた。

校歌の作詞は、何とかいう名の、初代校長が書いたという。曲は、当時抒情歌謡のヒット曲を連発していた、著名な作曲家の手によるものである。隣りの古都に在住しているということだ。この日、初代校長らしい白髪頭の老人とならんで舞台に座っている、四〇歳くらいの、繊細な感じの男性が、その作曲家らしかった。

そんな人がこんな、伝統も名声も実績もなく、貧乏臭いことおびただしい、いわば辺境の中学校の、校歌の作曲を引き受けた理由は僕には思いつかない。開校して十年くらいしかたっていないから、卒業生としての義理、ということもありえようがない。

体育館兼講堂は、屋根も壁も隙間だらけの、巨大ながらんどうだ。ひび割れたコンクリートの床に、雨漏りのあとが滲んでいるような代物である。高名な作曲家の列席を仰いで、華やかに催される式典の雰囲気とはかぎりなく遠い。

名前は知らないが、若く、姿見の良い女性歌手が伸びのある声で、僕も聴いたことのある歌謡曲を何曲か、会場いっぱいに響かせる。この作曲家が作ったものだという。当時の抒情歌謡の王道を行くもので、誰もがすぐおぼえることが出来そうなものばかりだ。そのうちの二曲は、よく母親が台所で口ずさんでいたものだ。

窓から差し込む初夏の陽光が、空中をたゆたう埃に反射する。それによって描き出された白っぽい鋭角の層が、何本も頭上に浮いていて、客席から舞台への視覚をさえぎる。その向こうの暗がりから、つややかな歌声が伸びてくる。歌の主題となっている紫色の小さな花弁の画像が、反射光をつたって僕の元に届いて来るようにも思えた。

その後、新校歌の披露ということになった。今度は少しばかり年配の男性歌手が、朗々と力強く歌い上げる。

感動したのだ。以前授業中に漏れ聞いた時は、歌そのものがこれほどのものだったとはわからなかった。

この頃の校歌といえばほとんどが、過度な郷土愛と無理やりの母校賛美、そして誰も信じていない、学問への探究心と師弟愛の押し付けであった。曲は演歌調の、同じ旋律の繰り返しと相場が決まっていた。

でも、これは違った。すべてが掟破りなのだ。

一番も二番も三番も、歌詞のトーンも長さも、意味内容もそれぞれ違っている。一見その区切りがわからない。一番から終わりの三番まで，校歌定番の繰り返しがない。新鮮で刺激的な語句が、よどみなく畳み込まれて来る。それが、全体で壮大なひとつの叙事詩を形成している。それに伴って、曲のほうも、一番から三番まで、それぞれが異なるリズムと旋律で構成されつつ、全体で一曲に編み上げられていて、小さな交響曲を思わせた。

一番は序章で、森羅万象における、命の芽生えの力強さと尊さを謳い、二番は、ゆるやかでおおらかなテンポに変わって、太古からの雄大な自然の歴史に思いを馳せつつ人間の営みのゆたかさが辿られ、三番においては、生きる意義を極限にまで追及する英知への、アップテンポな賛歌が、火山の爆発音の如く天地をつんざく。最後まで息がつけない。そして最後まで学校名も師弟愛も出て来ない。

ほかの校歌をよく知っていたわけではなかった。しかし、中学校のものとしては、内容も形式も、たぶん、全県一、いや全国一の校歌だと、僕は一瞬にして感知した。これが、わが校の、待望久しかった校歌なのだ。

参列者にあらかじめ、歌詞と楽譜が配られていた。男性歌手が、一通りを披露した後、一小節ずつ、全員で手ほどきを受ける。

実は僕は、小学高学年のころから、歌謡曲をやたらとおぼえ始めていて、ところかまわず大声で歌うようになっていた。世間は、ふるさと歌謡といわれるものの全盛期に向かっていた。引揚者の僕には、集団就職者たちにある、この国の田舎の農村風景への郷愁や、そこでの初恋の思い出などは、想像の世界でしかなかったが、歌うことで得られるその感傷は、十二分に思春期の僕の胸を満たした。ラジオで一回聞けば、その場で大体つかめた。詞を書き留めて、口に出し、二、三回繰り返せば、ほとんど完璧に身体の中に出来上がっていた。

しかし、この新しい校歌は侮れない。同じメロデイや、詞の繰り返しがない。歌謡曲なら最初の一小節で、その曲の全体の流れが大体つかめる。だがこいつはそうは行かない。詞の音調や意味内容に沿って、曲が切れ目よく転換し、それでいてスムーズに流れていく。やや手間取る感じはあったが、繰り返していくうちに、この文脈にはこのメロディ、このテンポしかないと、得心させられていることに気づく。

　こんな気持ちよく歌える曲は、小学校四年のころ、天下の険といわれた県境の山の歌を、覚えたとき以来のような気がした。若くしてこの世を去ったが、この国が世界に誇る唯一の、大作曲家の手になるものであった。

　父親の勤めていた役所の家族旅行があり、たまたまその県境の山へ行くバスの中で、僕は初めてこれを歌った。歌い出しでは、詞を全部覚えているか不安だったが、声に出してみれば、曲に乗ってどんどん言葉が浮かんでくる。声変わり前だったから、かなりな高音にも耐えられた。歌い切った後の喝采を聞きながら、自分が、実は歌がうまいことを僕は知ったのだ。

　その歌も、一番、二番などの区切りもなく、詞にも曲にも繰り返しが一切なかった。メロディも詞も、荒々しい峰々のように、起伏や変化に富んでいた。かなり長いものだったが、歌いながら、一遍の時代劇映画が、脳裏に描き出されているような気分になれた。あのころは、買い物帰りの夜の住宅街を、この歌を大声で歌いながら歩いたものだ。

　この日、発表会が終わって帰りがけには、僕は校歌を終わりまで、滞りなく頭の中で繰り返すことが出来ていた。中学生活最後の一年間、毎日の登下校で、小学生のときのように声を張り上げはしなかったが、舌の上でひっきりなしにこの歌詞を転がしていた。

学年が変われば当然、クラス編成が変わる。僕の気持ちは浮き立った。二年の時の、決して快適ではなかったあれこれを、いくぶんかでも、このクラス替えが押し流してくれればいいと思った。今のクラスの友人とは、なるべく離れたかった。

幸運なことに、今度のクラスでは、同学年の、気になっていた女生徒のうち、何人かと一緒になれた。一人は、小学校時代から、ずっと好意を持っていたし、家を含めかなりの行き来のあった子だ。また、別の一人は、以前住んでいた公営住宅に、新聞を配布していてよく出会い、いつも優しく笑いかけてくれた女生徒である。彼女も引揚者だった。もう一人は、クラスも家も遠いし、接触することもなく、もちろん相手もこの僕のことなど全く眼中にはないはずの子だった。それがある時、隣のクラスの、清潔感漂う男子生徒と付き合っているらしいと聞いた。その、大人の匂いのする男子と偶然知り合いになってから、その相手の女の子のことが気になり出し、そのうちに、遠くにその姿を認めただけで、胸が高鳴るようになってしまっていたのだ。また、小学校時代は気の合う仲間同士であったが、中学二年間、なんとはなしに疎遠になってしまっていた男子生徒とも、再び一緒に机を並べられるようになった。このクラス替えは、僕にとって、一つの奇跡的出来事にさえ思えた。一学年十クラスもあるのに、かなりな確率で、願望がかなえられていたからだ。

そして何よりも、奇跡を信じさせたのは、新しい担任教師のことであった。

その教師が《ラッキョウ》と仇名されていることを、兄や、姉から聞いていた。特徴ある顔の形を、揶揄したものであることは間違いないが、実際は、ラッキョウが丸く見えるほどの細長さであった。その割には、顔の部品それぞれは、大きくしっかりと出来ていて、ほうっておけば、横に狭いその陣地をはみ出してしまう。とりわけ鼻が、太く長く、細面の中央を陣取っているものだから、勢い、ほかの部品は窮屈なことになっていた。それらはなんとかその陣地におさまろうとひしめき合い、両目はやむなく、深く垂れさがり、口もかなり斜めに曲げられて、然るべき領域に押し込まれていた。

この教師も、二年の時の担任と同じく、僧侶である。しかし、今度のは正真正銘の坊主頭である。それが、ラッキョウ感をより際立たせている。それほどに歳は行っていないが、隣の古都の海岸近くにある、名刹の住職である。声は低く力強く、そしてリンと響きわたる。

二年生の初め、僕は、ひと月もの間、教員室の床の上で正座生活を送っていたが、その時期、この教師は教員室にいなかった。「ラッキョウ」が、僕らの学年の教員室に居るようになったのは、二年生の後半からである。

二年次の僕は、正座からの帰還後もことあるごとに教員室に呼ばれて、説教を受けていた。

三学期の時、なにやら説諭されている僕を脇で見ていた、このラッキョウ頭の目に、僕は、ほかの教師とは違う力を感じていた。そこに、僕に対する非難や侮蔑めいたものは一切なかった。同情的というわけではもちろんないが、しっかりと、この場面を見極めようとしているものに見えた。三年になったら、この教師のクラスになりたいと、なんとなく思った。学校随一の人格者らしいことは、兄や姉からも聞いていた。

二年生三学期の終わりころに、英語の担当教師が、急病で休んだ時、この教師が代用で、僕のクラスの教壇に立ったことがあった。僕の心は弾んだ。何かしなければならない、と思った。

一番前の席に、比較的親しくしていた男子生徒がいた。授業の終わりも近くなったとき、僕は、そいつの頭へ向けて、ノートの切れ端を丸めて、投げた。思惑通り、紙つぶては、友人の後頭部を大きくそれて、教壇横にぽとんと落ちた。

「なんだ！　誰だ！」

ラッキョウのつややかな声が低く響く。僕は立ち上がり、言われるままに前へ進み、教壇の横に立った。

「そうか、おまえか。おまえというのは、ときどき妙なことになっちゃう男のようだな」

厳しいが柔らかい。少しだが面白がっているようにも思えた。《男》と言われてうれしい気持となり、その響きをかみしめた。《妙なことになっちゃう》という言い方の中に、事態を大きく包み込む、深い眼差しのようなものを、感じた。

そうなんだ。妙なことになっちゃう男なんだ。この僕は時々……。

教壇の横に五分ほど立たされて、席に戻された。この時僕は、自分がラッキョウに救いを求めたのだと思った。うまくいったような気が勝手にしていた。

そして、現実に、ラッキョウのクラスになれた奇跡の時、僕は最後の中学生活を信じた。ラッキョウがわざわざ自分を拾いに来てくれたんだと信じた。

高校進学が一年後に控えていた。ある日、家族と担任との間での面談があった。どういうわけか、父でも母でもなく、この春この中学を卒業したばかりの姉が、両親の代わりにラッキョウと面接し、僕の志望校の名を言った。

ラッキョウは、《二年生の成績全体からすれば、難しくはないと思いますよ》と言ってくれ、《一年の時はどんな成績だったんですか、》と逆に訊いてきたという。《そんなによかったんですか……？　って驚いてたわよ》と、姉が言う。

自分のことを全部調べたうえで引き取ってくれたんじゃなかったのか……。

物足りなさが一瞬あったのは確かだが、担当する生徒の、以前の成績をそこまで調べ上げない鷹揚さに、信頼が増すのを感じた。

もうひとつ、奇跡を実感したことがある。立候補制でなく無記名自由投票の、クラス委員選挙で、僅差のトップ争いをしたのだ。

あり得ないことだった。二年生の時の、あのうっとうしくもざわついた自分の佇まいを、知らないやつらが多いせいかとも思った。学業成績もこの一年は、目を覆うものであった。定期試験の結果は、いつもフロアに貼り出される。誰もが、僕の凋落を知っているはずだった。

それなのに、この新しいクラスではこんなに票が入る……。

ひと月ほど前、後ろめたさに追われて、紙くずを拾って歩いたり、ストーブの灰を片づけたり、善行めいたことをあれこれやってみたりしたことがある。もしかしたらあんなことが評価されたのか……、などと思い、打ち消した。人間がわからない。

一定の票があれば、どの委員になるかは自分で決められる。この時期僕が、図書委員になることを選んだのは、図書館が新しく建造されていたからだ。

校舎の北側、屋根の形が落とす大きな暗がりのその外に、クローバーの叢が眩しく広がっている。そこに、赤い屋根と白い壁の、瀟洒な洋館風図書館が建てられた。僕は、兄弟姉妹に比べて特別本好きということはないが、そのように見られることは悪くない気がしていた。なによりも、この素敵な図書館で、わがもの顔にふるまえることに魅入られた。

図書館は、どの倉庫型校舎からも離れた、独立した建物だった。図書委員は、生徒の出入りする閲覧室とは区切られた、専用の部屋に居ることが出来る。各学年の図書委員が、そこで、専任の図書館職員の手伝いをする。だから、本好きの同好会かクラブ活動のようであり、同時に学級委員というある意味選ばれた者の集まりだから、そこには特有の独立王国めいた意識の高まりが漂っていた。

一年生の図書委員は、当然だが、まだ小学校を出たばかりだった。僕は初めてクラス以外の、それも学年の枠を超えた女生徒と、口がきける場に混ざり込めたのだ。

入学したての、あどけない女子の図書委員が僕に向かって、明るく、礼儀正しく挨拶する。大人のようだ。屈託なく僕に笑いかけ、質問する。信頼する先輩に対するようだ。時に甘えるようにタメ口をきき、上目遣いで軽く睨む。もしかして恋人のようだ。僕の気持ちは和んだ。こんな中学生活もあるんだと知った。あと一年で卒業してしまうのが、もったいないような気持ちに一瞬なった。

しかし、この一年生は、まだこの中学のことも、僕のこの二年間のことも何も知らない……。

今のこの関係のさわやかさが、そのために過ぎないことに気付いた時、彼女に何も知られないうちに卒業してしまうのがいいと思った。

五月、図書館の掲示板に、新しい校歌が貼り出された。その字面を辿りながら僕は、描かれている雄大な光景に思いを巡らせ、小声でくちずさんでいた。隣に、その一年の女生徒が、そっと寄ってきて、ハミングした。自然に僕の声が上ずる。歌詞をなぞるように、窓から緑色の風が吹き込んだ。

その後、以前焼けおちた校舎の跡に、三階建の鉄筋コンクリート校舎が一棟完成し、僕ら三年生がそこに移った。

春の朝飛び起きて、駅前の売店へスポーツ新聞を買いに行った。

この数年間、近代相撲の申し子といわれる二人の力士が、最高位である東西の横綱を張っていた。人気実力ともに引けを取らず、いつも相互に優勝を奪い合っていた。一場所の十五日間戦って、全勝同士で、千秋楽といわれる最終戦で雌雄を決するという、名場面も生み出した二人だった。

一方は卓越した技能相撲、他方は無敵の豪快相撲で、まさに龍虎相討つ好敵手として、両者は土俵上に君臨していた。両横綱は体形的にも素晴らしかった。双方とも比較的小柄軽量だった。かたや、全ての無駄を切り落としたような、しなやかですっきりとした優雅な肢体、こなた、筋骨隆々、全身が磨き上げられた鋼鉄のごとき肌に覆われ、爪のひと掻き、針のひと刺しも許さない。見ているだけでこちらの節々が痛むほどだ。

両者の相撲っぷりは、一瞬たりとも目を離すことが出来ない。立ち合いの鋭い突っ込み合いから、自分の有利な態勢へ持ちこむせめぎ合い、そして、わずかな隙も見逃さない息詰まる攻防、勝負を決めるべき時への驚異的な集中力、その技の切れ、ふたりとも、中学生の僕がつけ込めるような甘さが、どこにもみられない。

もう一人、眉の太い、胸毛の大男が一段下の大関を張っていた。相撲取りとしての身体的素質からすれば、間違いなく、二人の横綱をはるかに凌駕しており、型にはまれば、だれもかなわないと言われていた。

西南の島出身のこの力士を、僕は懸命に応援していた。風貌が気に入ったということもあるが、横綱の二人が強すぎ、人気があり過ぎたということもある。

肝腎な時にあえなくこけてしまう力士だった。得意の態勢に至るまでの動作の流れに、抜き差しならない弛みのようなものがあって、見ているものを苛立たせる。勝ちたい気持ちが高じすぎ、何とか勝たせてもらいたいという願望のような、悲しいものにそれが移り替わってしまう。相手をぶっ壊し、自分がぶっ壊れても勝とうというものへ、全身が研ぎ澄まされて行かないのだ。逆に、その佇まいの緩みに、中学生の僕の気持ちが、潜り込める余地が感じられたとでも言おうか……。

大相撲本場所は年四場所開催されていたが、そのうちの春場所は毎年、首都にある国技館ではなく､西の大都市で開催されて来た。なぜかその春場所にだけ強いというのも、エピソードめいていて好感が持てた。結果的には、僕の中学生活の三年間、その大関は、春場所のみだが、優勝を独占したのだ。

そして、その朝、春場所千秋楽のまさに翌日、勇んで、駅前の売店でスポーツ新聞を買い求め、こらえ切れずに帰りの道すがら広げた一面トップに、あるべき筈の毛むくじゃら力士の写真はなかった。全面に、首都にある人気プロ野球球団に、この春入団したばかりの大卒新人三塁手が、オープン戦で、三塁打を打ったとかいう記事がぶち抜かれている。

僕には理解出来ない。たかがオープン戦なのだ。公式戦でもなくただの練習試合の一つである。チーム成績にも個人記録にも、なんの意味も影響もない。そんな試合で、プロ入りしたばかりの、実績もなにもない新人が、三塁打かなんかを一本打ったって、それがなんなのだ。どれほどの価値があるというのだ……。

かたや何百年の歴史を持つ、国技たる大相撲の本場所優勝である。次期横綱を嘱望されている本格派大関が、二人の名横綱を退けて見事に優勝したのである。

それまで、スポーツ紙が、こんな不公正な扱いをしたことはなかった。大相撲本場所優勝という国民的偉業は、何がなんでもスポーツ紙の一面トップを飾らなければならないもののはずだったのだ。

しかし、その新人三塁手の、一切の逡巡も翳りもない、あけすけな笑顔がいっぱいにはじけ、両手を広げて観客にアピールする姿は、紙面を飛び出しそうな勢いすら感じさせた。写真にかぶさるように、大仰な見出し文字が躍る。

《球界の春の息吹き！　時代を開く三塁打……》

こんなうわついた紙面は初めてだった。そして、一流と言われるスポーツ選手で、こんなすっ飛んだやつも見たことがない。さわやかすぎて、まぶしくて、僕なんかには取りつきようもない世界の住人だが、こういうのを新しいというのかもしれなかった。世間の空気が変わり始めているような気配を、僕はその時確かに感じていた……。

渦の季節

港町にある駅の階段を上がって行くと、プラットホームのコンクリートの上に、革靴の黒い踵が見えた。次いで、折り返したズボンの裾が見え、その上に長い脚が二本伸びていた。広げた両足は、逆Ⅴ字型に腰で交差していた。灰色の背広姿だった。

僕の視線がその背中を這い上る。細い胴体の上に、小さめの後頭部が継いであった。その人はホームの屋根越しに、早い秋雨の空を見上げていた。シャツの襟がぶ厚く立ち上がっていて、首筋を白く隠している。両手をポケットに突っ込み、片方の肩を若干落とした立ち姿は、強い意識によって支えられたものだ。

髪型の輪郭を見てハッとした。新聞や映画雑誌でよく見ている男のようだった。

あの人かも……。

脳裏を、当世随一の人気スタアの名前が駆け巡る。が、呼んでみる度胸はなかった。前へ出て振り返って確認するのも、一人前の男としてコケンにかかわる気がした。まわりには誰もいない。この微妙で静かな関係を壊したくなかった。その人と、自然な形で気付き合いたかった。

小さく咳をしてみるとうまくいった。相手の頭が高い位置で揺れた。振り向いてこちらを見下ろしている。坊ちゃん刈りのまさにあのスタアであった。

暗く、静かな目だった。疑い深げでもありつつ、正直そうな感じもした。それでいて何も考えていないような目でもあった。中学生の僕の顔に、その力ない視線が落ちる。悪いやつではなさそうだ。しかし、顔色の悪さは、年齢の割に年期が入っているように見えた。疲れているような気配もあった。突っ張って立ってはいるが、張りつめた力というものが身体から発散されていない。日頃の、タフガイというイメージとのずれに、僕は戸惑う。

二年前の夏、水着姿の、きりっとした顔かたちの女優にしがみつかれて、ぼうっと天を仰いでいる若い男のポスターを見た。この男の兄が原作者だという映画が封切られて以降、太陽族などと呼ばれる連中が、隣りの古都の海岸付近を跋扈するようになっていた。無軌道な性を謳歌するという触れ込みの作品が、映画界を席巻し、この兄弟は、急激に社会現象になり上がった。

僕は、この手の小説を読まず、映画を見なかった。抵抗があった。地元とも言える海岸界隈が舞台なのに、自分には全く無縁な世界に見えることが、意識的にこれらの小説や映画を縁遠くさせたと言える。登場人物がみんな金に困らなくて、暴力的で生意気で、自堕落かつみだらに遊びまわっているだけらしいのだ。主演俳優自身も坊ちゃん育ちだと聞いていた。

この町の駅から二股に分かれて、半島沿いに南下する電車で行けば、すぐ先の町に、この原作者と俳優の、兄弟が住んでいることくらいは知っていた。僕自身もしょっちゅう海水浴に行っている町だ。しかし、雑誌や新聞記事、ポスターなどに氾濫している、この兄弟たちの佇まいには、僕が幼少期から親しんでいた海や浜の、そしてその町の匂いも色も気配もなかった。すべては僕と無関係だった。

高校生になっている兄が、この俳優の大ファンであることは間違いなかった。どうして、自分の家のような極貧家庭の人間が、こんなワガママお坊ちゃん野郎を好きになるのか、僕には合点がいかない。

しかし、この俳優は、賢くもこの傾向からひそかに抜け出て、前年の暮より、新しいアクションものに移行し、連続してヒットさせていた。その姿は銀幕に乗って、全国津々浦々まで行き渡った。海の向こうの兄貴を待ち、錆びたナイフを砂山から掘り出し、嵐を呼び、明日は明日の風を吹かせ、風速四〇メートルに立ち向かっていた。それらは、映画市場に空前の興行収入をもたらし続けていた。

ホームに女性の声がした。その人は、ふうっと、声に引きずられるように歩き出した。中学生の僕のほうは、ベンチに座り、鞄から本を出して、読むふりをした。

僕はもうあんたを見ない……。これからも、再び出会うことはないだろう……。

見知らぬ者同士のままで別れるのがいいと思った。

スタアと遭遇した日より数週間後のことだ。牛乳配達をやめ、最後の給料を受け取った日に、僕は母を誘って、映画を見に行った。

ラジオは近づく台風の情報をがなりたてている。何週間か前の台風も、この付近を通り抜けたが、大したものではなかった。今回のはかなり大物らしい。

悲しい日だった。

この時期、高校進学を控えて、さすがに勉強に集中しなければならないと思うことにしていた。成績は、二年の時よりはいくらか回復しており、志望校への進学について、担任のラッキョウは楽観視していたようだった。当の僕自身は、安全圏に居るとは思えなかった。何よりも、一年の時の、自由闊達な集中力が戻ってこないのが不快だった。そしてその、不快そのものに慣れてしまって、ずるずるとそんな状態を鉛のように引きずっている自分を、どうすることも出来ないままで来た。今度こそ、仕事をやめようと思った。

それで、けじめに配達個所を増やし、本数を増やして、最後のひと月を懸命に働いた。どう計算しても、給料は五割増しにはなるはずであった。家に入れる分も、自分の使い道も決めていた。

給料袋を受け取り、胸を膨らませて、暗くなりかけた帰路を足早に歩いていた。今日でやめたのだから、借りていた通勤用の自転車も置いて行かねばならなかったのだ。相当な道のりである。

風は、来るべき台風の匂いを運んでいる。少しだが、雨交じりにもなっている。途中の古い橋のところで、我慢しきれず、給料袋の封を開けてみた。

入っているのは通常の半分にも満たない額であった。あわてて、専売店に戻って間違いを訴える。

経理担当は、店主の親爺より、ふたまわりは若いと思われる、おかみである。大きな吊り目は、少しばかり白眼の比率が高く、上目づかいで睨まれると怖いが、濃いまつ毛の奥に、はっとする美しさも感じた。いつも赤系統の派手などてらを着ていた。

おかみの金切り声がはじける。啖呵というものを僕は初めて目にした。

「何だおまえ、ふざけたこと言うんじゃねえよ……。先々月、台ごとひっくり返して、ほとんど割っちゃったじゃねえかよ」

ものの見事に決まっている。僕は唾を呑み込んだ。

「その分差っ引いといたんだ。文句あるってのか、おう……」

それは、長引いた梅雨の、大雨の日だった。学校で、図書委員の会議があって、配達の出発が遅れた。焦っていた。出発して間もなく、ぬかるみの坂道を、何とか登り切ろうと、ハンドルを握った腕を上に突っ張り、のけぞりながら、全力で、よろめく自転車のペダルを踏み続けていた。そこに、上方から砂利を満載したトラックが、勢いよく泥をはねながら突進してきた。

よけようとしてバランスを崩した。滑った前輪が側溝にはまった。

牛乳は、後ろの荷台の両側に渡した、ズック地の袋の中だ。底に敷いてある板の上に並べ、隙間が出来ないように、埋め草に空瓶を数本差し入れてある。このとき、片側の袋に詰まっていた牛乳瓶が、横倒しになった自転車の下敷きになった。もう片方の袋も、倒れたはずみと、側溝の傾斜で勢いがついて、大きく弧を描きながら、その上に重なり落ち、ガッシャーンと嫌な音を立てた。

罵声を浴びせて去るトラックを見送り、側溝に目をやったときに、絶望が僕の網膜にはじけた。袋の周りに白い液体が、不気味に滲み出している。自転車を引き上げると、それは一気にこぼれ出て滝となった。あああ、あああ、とわめきながら、割れた瓶のかけらを片方の袋に集め、助かったわずかな瓶をもう一方の袋に集めた。

店に帰ると、おかみは、《そいつは災難だったねえ、しょうがないよ。新しいのを入れて行きな、気をつけるんだよ》と、口元に笑みを交えて言ってくれた。優しさに励まされて、再び配達に出かけ、その日はそれで終わった。

僕は抵抗した。あの時は、いいと言ってたじゃないか……。

「何言ってんだ。仕事やめるってんじゃ払ってもらうしかねえだろ。あたりめえじゃねえか。本当は、払ってやる金なんか一文もねえんだ。それじゃかわいそうだてんで、特別に出してやったんだ。正確にはな、もっと弁償してもらわなけりゃいけねえんだぞ。そうしてえのかこの野郎……」

大きく見開いた眼が、極限までつり上がる。まさに悪鬼であった。気迫に押されて、僕は、いつもは優しい店主の方を見やった。老いた店主の、横顔は今日も柔らかいが、こっちを向いてくれない。

それでも、おかしいと思った。

どうしようもなかったんだ。自分の責任じゃない。あのときは精一杯だったんだ……。思わず頬が膨れ、唇が尖った。

「何だ、その顔は！」

悪鬼は悪霊となった。

「もっと言われてえのかこの野郎。それじゃあ言ってやるよ。おまえ、あのとき、牛乳盗んだだろう……」

ビクッとした。どうして……。

「割れてねえ瓶が余分にあったんだあの日……。なんで割れてねえのに中身がねえ瓶が余分にあるんだ。それも二本だぞ……」

あの時、雨の中を泥だらけの自転車を引きながら店に戻った。途中、なんのために、自分だけこんな目に会うんだと情けなくなった。雨はますます強くなり、だんだん薄暗くもなって来る。腹立たしさが無償に湧いてきた。

帰って何と言われるか分からない。みんな自分のせいにされるかもしれない。このままではたまらない。何か、自分にしてやらなければ、もたない……。

空を見上げて、気になっている女生徒の顔を見繕って、無理やり思い浮かべようとした。びちゃびちゃと雨が顔に当たって、うまくいかない。一人だけようやく現れてくれた女生徒の顔は、なぜかおカッパ頭だったが、いかにも固く、冷たかった。

以前店主が、牛乳をみんなに飲ませてくれたことが頭をよぎった。牛乳が本来、人間に飲まれるためのものであることに思いが至った。

ほとんど割れちゃったんだ……。最初から、瓶を躍らせないための空瓶も入れてある。何本残っているかなんか分かりやしない。生き残った瓶だって、泥がついちゃっていて、もう売り物になるかどうか……。

すんなりと袋の中に手が伸びた。それでも申し訳に、少し泥のついたやつを選んで一本取り出し、僕は紙のふたをこじ開けた。うまい。

店に帰ってからまた配達に出直さなけりゃならない、雨はひどくなる一方だ。体力が必要だ……。

もう一本飲んだ。元気が出た。

専売店に戻ると、おかみが、《自転車が泥だらけでは、店としても格好が悪い、乗り換えて行け》と言った。前のはそのままにして、別の自転車に新しく牛乳瓶を詰めて、出かけた。おかみが前の自転車の、割れた空瓶の数を数えても、わかるわけがない。そもそも調べるわけはないと思っていた。後悔した。おかみが数えたのは、割れていない空瓶だったのだ。

あの時、飲んだやつの空瓶もちゃんと割っておけばよかった……。

それでも言い繕えないことはないように僕は思った。はっきりした証拠はない。だいたいが、どうして今頃になってこんなことになるんだ、という不満もあった。やはり、なんか不合理だ。これじゃ、店に縛られたまま、永久にやめられないではないか……。

「てめえ、まだ、なんかあるってのか。トボケようったってだめだ。あんとき、空瓶の二本は洗ってねえやつだったんだぞ。もともとなあ、洗ってねえ空瓶を埋め草に入れて行くやつが、いるわけあねえだろうこの野郎！　あれは、飲んだやつに決まってるだろうが……！」

金切り声は割れ鐘となる。

しかし、ずっと前から知ってたんなら、何で今頃……。

「文句あんなら親にでも学校にでも言ってやろうか、それともてめえ、サツに突き出されてえのか……！」

この時になって老店主が、ゆっくりと顔をこちらに向けた。冷たくて固い。さっきまでとは全然違っていた。この顔は、おかみの言い分への同調と自らの決意を、僕に思い知らせるためのものだ．

《おまえなんか、もう関係ない人間なんだ。おまえなんか、どうにでも出来るんだよ……》

僕は、この時初めて自分が店を辞めた人間であることを実感した。太刀打ち出来そうにない……。

「盗んでねえよ、うるせえなあ、そんなこと知らねえよ！」

声が裏返る。

「もういいや、帰るよ！」

言い放って、走り出した。すでに雨ははっきりとしたものになり、前方から幾重もの白い斜線を僕の顔に浴びせていた。

ショックと敗北感をその日のうちに帳消しにしたかった。少なくなった給金で、なにか気の利いたことをやって、気持ちのバランスをとりたかった。相当な本降りとなり、風も出始めている。それでも、今日、やり遂げないわけにはいかなかった。

僕が、母と映画を見たのはあとにも先にもこの日だけだ。坊ちゃん刈り俳優が主演する、アクションものの一作目が、首都での封切りから一年近く遅れて、駅前の割引映画館に懸かっていた。近頃の言動から見てどうやら母も、この俳優が嫌いじゃないらしいと、僕は察知していた。実は、母のせいにして、一度自分も見てみたかったという気持ちも、確かにあった。仕事納めの記念と思うことにした。台風がどうのこうのとぐずつきながらも、明らかに顔が緩んで、はしゃぎ気味の母を連れ出した。

スクリーンでのこの男は、背が高いだけだった。ヒーローとしては、日本映画界始まって以来の妙な顔だった。美男の条件である鼻筋が通っておらず、アクションスターにあるまじきふっくら顔がしまらない。坊ちゃん刈りの頭は、わざとらしい甘えを強調していた。ハードボイルドタッチに、眉を寄せて凄んでみるが、目がどうにもあどけない。

長身を包んだコートの、白さは確かにモノクロ画面に映えていた。足の長さをことさらに強調するズボンの仕立ても、そのための下方からのカメラワークも許される範囲ではあった。ただ主役の挙動に、肝腎の切れが感じられない。相手の、弱っちいやくざ者を殴りつけるときの一瞬の初動に、用心深い、準備的な身構えがいちいち感じられて、アクション画面としての、流れの迫力を奪ってしまう。どう見ても相手に当たってはいないこぶしの痛みが、見ているこちらに伝わって来て悲しい。

さらに辛いのは台詞回しだった。棒読みしかできない素人同然のスタアはどの映画会社にもいたが、この男のそれは、自分になじみようもない小理屈を、なんとか言い切ろうとする、努力の貧しさばかりがごつごつと際立っていて、見ているものに重苦しさを押しつける。冗長で意味ありげな解説的文脈が、すでに画像で十分表されている興趣を立体的にぶち壊す。脚本のせいかなとも思った。この脚本は、画面も役者も、観客も信用していないのだ。

しかし、モノトーンの落ち着いた画像には訴えるものがあった。海であり、波止場であり、コンクリートであり、鉄路であった。渋くて粋なレストランであり、きらびやかなキャバレーであった。テーマは、知的で現代的な美貌の女性との、偶然でいて宿命的な邂逅であり、懐かしい兄への思慕であり、男の愛の一途さであった。口笛、夜霧、白い朝、そして、暴力と金と酒を背景にしつつも全体での静かでたんたんとした進行。フランス映画のようかなと思う。

見終わって母が言った。

「驚いた。この人、結構かわいいのね。育ちもよさそうだし」

そういう褒められ方をされたい映画なんだろうか……。

この俳優の映画を見たのはこれ一本だけだった。

僕は気がついていた。この俳優の足場は、その時はすでに、著名な青春小説作家の原作による、文芸の香り高いとされる作品へと移行していたのだ。というより、著名作家のほうが、この俳優を主役にイメージし、映画化して当たるような内容を意図して、新聞小説を連載していたらしい。総じて裕福なお屋敷育ちで、適度に屈折していて反抗的で、愛に飢えていてそれでいて結構正義感が強い役であった。

つまり、戦後は終わり、経済成長に向かったと喧伝され始めていたこの時代の風潮に乗った、優良中流家庭の、魅力的かつ理想的な青年像を、世に提供していたのだ。それはこの俳優の、実際の育ちにも合致していた。タフガイではなかったのだ。

いっぽうで、この男はレコードも出し、これも当たりに当たった。低音の魅力とか都会派ムード歌謡というキャッチフレーズでもてはやされた。決してつややかではなく、少し枯れ気味でぼやけた声だったが、逆に、そこに男の哀愁と温もりのようなものが、包み込まれ、滲み出ていた。テーマはいつも、海であり、港であり、愛と別れである。霧が流れて、波止場がむせび、ドラの響きが、やるせなく未練を告げるのだ。思春期の抒情を掻き立てるに十分だった。教科書を覚える機能は、少し前より僕の頭脳から外れかけていたが、この俳優の歌は全部覚えた。

夏の終わり、港町の駅で遭遇して、人知れず別れた面影が、僕を得心させる。僕は知っているのだ。あの人の本当の姿は、あの駅のホームでの、ふうっとした、力ない佇まいにある……。それは映画よりむしろ歌の世界だ。空しい映像に踊らされて騒々しく泡立つより、ひとりでそっと、歌を通して付き合っている方が、実のあの人に近いと決めた。


映画館を出ると螺旋状の雲が、上空を覆っていた。

一週間前、南の島近海に発生し、北半球へとせりあがってきた大気の渦は、列島のほとんどを白く巻き込みながら、この日の深夜、隣の古都の海岸から上陸し、僕の町の空一面に、その眼を定着させた。

風の襞に深々とえぐられた、直径一五キロメートルもの眼球は、徐々に雲をなじませ、裏返したように白く泡立っている。思いがけず膨れ上がった己の力を、制御すべくもなく、事態を放置する者の薄暗い悪意を表し始めたのだ。十数年来この国を覆っていた、戦争の凄惨な記憶は、風に舞い、地中に沈み、海へと流し込まれて行く。地表には高度経済成長なるものがはびこり、渦巻くようになっていた。

劇場映画が全盛を極める一方、それぞれの生活の豊かさに順じて、テレビがごそごそと家の中に入り込み、茶の間の上座や、場合によっては床の間に君臨し始めた。

家にテレビはまだ来ていなかったから、僕はといえば幸いにも、はやり始めたロカビリーの、痴態同然のステージとは無関係でいられた。海の向こうから来て、この国の女性たちにひどいことをして帰ったと、ラッキョウが憤懣やるかたなく教室で語った、碧い眼の少年歌手に、実はあられもなくしがみつく少女たちの姿も、知らずに過ぎることが出来た。僕の家では社会情勢は、相変わらず新聞とラジオによってもたらされていた。

《進め進め！　団結固く……》

スピーカーの向こうから、大勢の男女の歌声が迫って来る。駐留軍の基地の拡張に抗議する、大規模な座り込みの真っ最中らしい。左右に分裂した革新政党の、一方の書記長と称する男の、名物のどら声が響く。学校では、教員の勤務評定を巡って、教師たちが一斉休暇闘争を展開していた。警察官の職務権限を拡大する法律制定に対する、反対闘争や、国有鉄道の労働組合員にかけられた、殺人被疑事件への、無罪獲得へ向けたデモが全国を縦断していた。それらは連日のようにラジオで報道されていたが、この時期ほとんど僕の父親は家にいなかった。

「父さん、今日も何にもなければいいけど……」

夕食時のニュースで、アナウンサーの現地からの絶叫を聞きながら母が言う。小さいころから何度か父が、頭や頬に血をにじませて帰って来たのを僕は見ていた。父は、駐留軍の関係官庁の労働組合員であり、その全国組織の、有力なメンバーとして活動しているということだった。

父を訪れる大人たちは、みな組合関係で、地味な色の、ラフな服装だった。気安い人ばかりで、そら豆型の革靴の表皮は煤け、底は外側が深くすり減っていた。革新政党の市会議員や県会議員もいた。ほとんどは男たちで、大体が、声が大きくて酒呑みで、長話が多かった。両親からは切り出せない気持ちを察して、それとなくお帰りを促す役目を、もっぱら子どもたちが果たした。誰かが急に身体の具合が悪くなるのが一番効果があり、替わりばんこでその役をこなしたが、子供の数が多い分、やりくりは出来た。

父の活動の実態について話されたことはないし、子供たちの誰もが、あえて知ろうとはしなかった。

学校から帰ると風呂場に音がした。居ないはずの母が洗濯をしている。

「母さん、病院は、どうしたの？」

「まだ先みたいだからね。ちょっとだけ帰ってきちゃったのよ」

「だからって、わざわざ帰って来なくてもいいのに。家のことは、みんなでちゃんとやってるのに」

「いいのよ、まだ大丈夫。うちにいたいのよ」

北側の、町はずれにある病院の産婦人科に、母は二日前から入院していた。

母が子供を産むと知らされたのは夏ごろだ。その時僕はつい、日にちをたどって、指折り数えていた。それは、これから先の日数のことではなかった。

あれはいつだったか……。たしかこの春先のことだ。真夜中だった。

苦しい、嫌だ、命がなくなる！　母の悲鳴が眠りを切り裂いた。え、どうなんだ！　おれの子供が生みたくないと言うのか！　父の怒鳴り声だ。おまえは、おれの子供が生みたくないと、そういう女なのか！　そんなやつは、そんなやつは、おれは許さない。許されると思っているのか、え、え、どうなんだ……。く、苦しい、やめてちょうだい、ほんとうに命が……。命が大事か、おまえは命が大事なのか、だったらおれの子供の……。だって、だって、もう……。

《しまった、とんでもないときに起きてしまった……》

とてつもなくおぞましくて、やばい事態が起きている。父の声は激しくて、息遣いも荒い。母のことを、おまえ、などという父を僕はこれまで知らなかった。そういう女、という言い回しも父から聞いたことがなかった。おれの子供を生みたくないと言うのか、というのも、芝居がかっていて安っぽい。わざとらしくて、好きな父ではなかった。

それにしても、すごい剣幕だ。妙な台詞っぽさの中に、行き場のない、悲しい迫力が張り詰めている。何かとてつもないことが起きないとも限らない。

飛び出して行って母を助けるとか、そういう場面ではないとは知っていた。子供の自分が出る幕ではなかった。首や腋から汗が滲み出る。総身をこわばらせながら、頭からふとんをかぶってじっとりとしていた。ともかく眠れてしまいたかった。

もう少し、もう少しで、ことはおさまってくれる……。

あれは、母が身ごもった直後のことに違いなかった。

のちに妊娠を知らされた時、僕は思わず母に訊いた。

「母さん、子供って、そんなにたくさん欲しいものなの？　子供を産むって、嫌じゃないの？」

母は真顔になった。じっと息子の僕を見つめ、ふっと頬を緩めた。

「痛いのよ。痛くて痛くてたまらなくて、もういやだ、もういやだと思うんだけどね」

「赤ちゃんの顔をみてね、それからね、みんな大きくなっちゃうとまた欲しくなっちゃうのよ」

そして僕に訊く。

「弟がほしい？　それともまた妹？」

「そりゃあ弟だよ。妹はもういいよ」

母の予測通りに答えたつもりだった。

「やっぱりねえ、弟がいいのね」

そうであるような気もしたし、そうでないような気もした。さらには僕自身にとってはそんな話ではないような気もした。

それでも、まだ見ぬ弟の、生意気そうな学帽姿が頭をよぎった。帽子のツバに隠れていてよくは見えない。もちろん全然知らない顔のはずなのだが、自分に似ていなくもないようで、気味が悪い。瞬間、いつか見た、僕に対する兄の視線が胸に点滅し、かすかな戦慄が僕の全身を抜けた。


「こいつが、あいつに勝てるわけはねえじゃねえか……！」

高校に入ったばかりの兄がいきなり、僕の、小学校時代からの同級生の名前を持ち出して、毒づき始めたのだ。中学一年の初夏だった。

背も高く育ちもよく、人望があって、なお自分に優しく接してくれているその生徒と、友人同士の間柄であることを、僕は誇りに思っていた。その一方で、ひそかに、学業成績では、自分の方がほんの少し上回っていることを、いつも強く意識していた。それは貧乏でチビで軽薄な僕にとって、この相手と付き合う上での支えのようなものになっていた。

　ところが中学になって初めての試験で、僕の成績は、思いがけずその親友よりわずかに下回った。たまたま、二階の部屋の畳の上で、父や母と円座を組んで、団欒していたときに、その話が出たのだ。時には、こういうこともあるさ……と、僕は笑いを繕ってこの件をやり過ごそうとしたのだった。

「もともとこいつが、あいつに勝てるわけはねえじゃねえか。あったりまえじゃねえか！」

兄は繰り返す。その言葉は、わざわざ言うためのものだった。ずっと言いたかったことを言うためのものだった。弟をそしるためだけのものだった。そしるためであることに於いて真剣な力がみなぎっていた。友人のことなど何も知らない兄なのに、なんでも知っているものの様な言い方が、とてつもなく僕には不快だった。

　幼いころ、いつも薪で飯を炊いてくれた兄だった。よく下の妹をおぶってあやしていた兄だった。自分を幾度か映画に連れて行ってくれた兄だった。しかし今、その兄は突然他人になった。あるいは、所定の台詞を覚え込まされた、何かの機械になっていた。そのざらっとした違和感にぞっとした。

　こんなに近くで、こんなに嫌われている。知らないやつのことをあたかも知り尽くしているように装ってまで、この自分を憎んでいる……。

熱くたぎる怒りと、凍りつくような寂しさが一緒に来て、事態を覆い隠すように僕は兄にむしゃぶりついた。

「ええっ、なんなんだよ。放せよこの野郎！」

兄は、軽くあしらうように僕の襟元を掴んで、引き剥がそうとした。高校生になっていた兄は、急に身長が伸びていて、とても手に負える相手ではなくなっていた。一発来るとは思ったが、絶対に離さないぞ！と思った。正義はこっちにある……。

「何やってんだよ！　おまえがあいつに勝てるわけねえじゃねえか。そんなこともわかんねえのかよ。自分の頭を考えてみろってんだよ！」

悔しさで涙が出かけたその時、後頭部に衝撃が走った。頭がずれ、思わず兄の体を離した。振り向くと電灯の下に父の顔が揺れている。てらてらとした妙な顔付きだった。

「なんでこの子を？」

母の叫び声が聞こえた。それに触発されるように、ある種の権利めいた絶望が僕を満たし、全身が震えた。正義は絶対的にこちらにあるはずだった。

弟というだけでこんな理不尽に遭わされるのか。長男というのはそんなに偉いのかよ……。

ありきたりな筋立てが頭をよぎり、いきなり安っぽい悲劇の主人公になった。

「わああ……」

廊下に飛び出し、階段を、思うさま踏みつけながら下った。途中で足を踏み外して、しりもちをつき、五、六段滑って、階下までずり落ちた。泣きじゃくった。姉や妹たちによく聞こえるように絶叫した。

「なんでだよ、なんでなんだよ……」

数日たって母が言う。

「父さんはあのあと言ってたのよ……」

「あなたの方をぶったことね。父さんは長男だったでしょ。なのに、小さいときにお母さん、つまりおばあちゃんにね、嫌われて、いつも無視されてたのよ。次男坊の弟ばかり可愛がって、そのために弟が、戦死した叔父さんよね、すっかり生意気になって自分に逆らってばかりいて。あの時のあなたとお兄ちゃんを見てて、その時とおんなじに思えちゃったんだって。その時の、気持ちが出て来ちゃったんだって。子供の時、よっぽど寂しかったんでしょうね。わかってあげてね……」

うん……と頷きながら思った。

そんな自分だけのいきさつで、子供を理不尽に殴っておいて、なんで、母さんにそんな話をし、母さんが、そんな話を、殴られた僕に伝えるんだ。母さんをいつもあんなにいじめているおばあさんに、子供のころ嫌われてたから寂しかったと言うのか。あんなひどいおばあさんでも、父さんは好かれたかったのか？　それを今言うのか、それって母さんへの裏切りじゃないか……。

引っ越して来たころ、僕たち子供は、この屋敷の何もかもがいやだった。襖の大きさいっぱいもある紫檀の仏壇も、仰々しい神棚もいやだった。玄関正面の天井近くには巨大な鹿の角が広がり、座敷の長押には、てかてかに磨かれた水牛の黒い角が打ちこまれている家だった。それらは、生き物の「死」を、そして殺す者と殺される者の現実を、否応なく子供たちに突きつけていた。角の下で、今は居ない動物たちの頭が、もがいているような気配がいつもした。床の間では磁器の布袋像が青白く笑っていた。階段下の深い暗がりは、実はずっと前から住みついていながら、子供たちには見えていない何ものかの息遣いがしていた。納戸は、足を踏み入れることの憚られるものであった。その奥は、何が置いてあるか、誰がいるか分からない小さな部屋につながっていると、話だけは聞いたことがあった。

そして、一、二階合わせて二十畳分もの、木製の雨戸の開け閉めや、長い廊下の雑巾がけという苦役は、毎朝毎夕の子供たちを憂鬱にさせた。

中央の広い座敷の炬燵の上で、祖母は、朝から晩まで、トランプの《七並べ》に似たゲームをやっていた。一人で黙ってやっていた。時には、僕や妹たちも、祖母の向かい側に座ってそれを見ていた。トランプは、複数でやる方が楽しいに決まっているが、一緒にやるということには決してならなかった。子供たちは、祖母の、滞りがちな手の動きの、手助けをするということもなかったし出来なかった。

祖母は強度のリウマチで、母が、食事や、着替えや、寝床づくりや、洗濯はもちろん、日常の体の動きのほとんどを世話していた。僕たちが引っ越して来た頃はまだ、祖母は、厠までの長い距離を、座ったままいざるように身体を運んで用を足していたが、途中からそれもかなわなくなり、下の細かい世話をも、母が全部やるようになっていた。それは、年がら年中、夜通し続き、僕が知る限り、母が、安心して寝入ったことはないほどだった。

祖母は、入信していた新興宗教の、神様というか御本尊というか、ともかく教祖様と言われる人物には限りない感謝を捧げていたようだったが、母に優しくしているところを、僕は見たことがなかった。

「あんたらより猫のほうがよっぽどましだよ」

いつも、母と子どもたちへの嫌味や恨み言を、何の遠慮もなく、客、叔母、そして母や子供たちにも、直接ぶつけていた。

もともとこの祖母は父を毛嫌いしていて、戦死した弟の方、つまり、僕の叔父の方をこよなく愛していたと子供たちは聞いていた。この地に大きな家を建てて首都から移って来たのだって、海軍将校になった弟のためだった。この町のある半島の先に、海軍の最大拠点があるからということだ。

長男である父は、家を出て、大陸にあった鉄道会社に就職したのだった。その上、祖母は父母の結婚を永い間認めず、母が兄を生んでしまったので、やむなく認めたのだという。祖父も祖母も、北国の藩士の、それぞれ御曹司とお嬢様で、家の格式は祖父より祖母の実家の方がはるかに上だったと聞く。

僕の母は、南国の、地方新聞の社主の娘ということで、どちらかと言うと自由闊達に育ったらしい。父方の祖母にとって母はもともと、肌が合わない存在らしく、なんだか分からないが、一方的に嫌っていたようだ。憎悪と蔑みを暗くたたえた眼光で、母とその子供たちを無言で支配していた。母が言っていた。

「おばあちゃんはともかくえらい人よ。あの、大変な体で、自分では何も動かせなくても、人を動かして、逆らわせない。誰にでも出来ることじゃないわ」

確かに、自分では体のどこも掻けない祖母に、一睨みされると、子供たちは残らず震え上がったものだ。それは、徹頭徹尾他人の目だった。

「これはあなた方にですよ。いつも、おばあさんに対して、よくしていただいているから」

その日の客は、隣国大陸の領事だった時代からの、祖父ゆかりのお年寄りだった。帰りに、そっと、長女の姉に縦長の、木箱のようなものを渡した。それが、名代のカステラであることは、子供たち全員が瞬時に合点した。

皆さんのご苦労は分かっていますよ……

お年寄りの佇まいには、そんな気配が滲んでいた。父は、帰って来ていなかった。

この家は、あくまで祖母の家で、ここに届けられるものはみな祖母のものだった。お中元やらお歳暮やらの、お客さんからのお土産はみな、祖母の座っている炬燵の裏側にある大きな茶ダンスに吸い込まれていた。そのあと、祖母がその気になった場合だが、祖母の分を半分取って、残りの半分が親子七人に分配されていたのだった。子供たちには、その不公平さへの不満はあったが、父がこういう話には乗ってこない以上、母や子供たちがどうにか出来るという問題ではなかった。

しかし、今日は贈り主の、たっての意向がある。優しい贈り主の気持ちを裏切るわけにはいかない……。

「これは、お客さんの気持ちを尊重して、八等分して、みんなで分けましょう。おばあちゃんにも八分の一で」

腹から押し出したような声を放つと、母はカステラを手早く切り分け、すぐさま、そのひと切れを座敷の祖母へ届けた。

「おばあちゃん、お土産のカステラ、八人で分けましたから」

その時の祖母の顔がどんなものだったかは知らない。母も見ないで戻って来たという。

帰宅して報告を受けた父は、へえ……？と驚いて、少し笑い、そのまま黙った。それ以降は、家に届いた贈り物はみな八等分することになった。わが家に革命が起きたのだ。

県営住宅から、この家へ移って以来、ことあるごとに子供たちは、母と泣き交わしていたのだが同時に、言葉にはしないが、結束してこの家と闘ってもいたのである。祖母や叔母だけではなく、この家という、僕ら親子を圧迫する空気というか、わけのわからない時間の圧力のようなものに対してであった。

父の母親である祖母を母が世話をし、そして子供たちみんながそれを手伝わなくてはならないことは、誰もが理解していたし、実際、全力でこれを担った。しかし、少なくとも、祖母が自分たちを好いていないし、味方ではない、ということについては、親子全員の当然の了解事項だと、みんな思っていたのだ。

しかし、肝腎の父さんが、子供のころ、母親である祖母に、嫌われていた時の寂しさを思い出したという。子供時代のことだから、寂しかったということ自体は、わからないでもない……。でも父さんは、寂しかった子供のころの気持ちになって、大人の今、憎たらしい弟の身代わりに息子の僕を殴った。そんな実の弟をこの僕の中に見たのだ。弟にそっくりな、いやらしい何かがこの僕の中にあって、殴りつけるほどに憎かったのだ。そのいやらしさも憎さも正真正銘本物なのだ。

これをどうやって理解すればいい。忘れるしかないということ以外に、このことをどうわかれというのだ……。

「もう少しで、目が開くと思うわ」

再入院して間もなく、生まれたばかりの赤ん坊を横に、ベッドの上の母が言った。彼女が四〇歳になる数日前だ。女の子だという赤ん坊の、必死につぶっている目もとが、生き物であることを全力で主張している。

僕は緊張した。今にも目を開けそうだ。開いたら、黒くくっきりとしているであろうその目は、どのようにこの僕を射抜こうというのか……。

この世で初めてその目に映るものが、この自分の姿であることだけは、何としてでも避けたいと僕は思った。

「この子、すっごく頑張ったわよ」

「お産で頑張ったのは母さんの方じゃないか」

「そういうことじゃなくってね。この子、しぶとかったわ。確かに」

言葉にもっと別の意味があったのかもしれない、と思ったのはずっと後のことだ。

まだ黒ずんで見えるその顔がうずまっているタオルを、そっとよけて母はつぶやく。

「随分お話ししたのよね、おなかの中で……。でも、よかった。ほんと」

病院は、町の北側の、県庁所在地のある大都市との境目にある。病院の前から、少年の町を突き抜けて古都に向かう、街道が走っている。家までの途中、トンネルがあり、その先に切通しがある。

僕が通っている中学では、毎年、全クラス対抗の駅伝競走が開催されていた。一年次、二年次とも、所属していたクラスは、全校優勝は出来なかったが、学年別での優勝を連続して勝ち取っていた。同級に陸上部の、無敵の長距離ランナーが一人居て、全てはその生徒の、天馬のごとき快走によるものだ。三年生になって、彼と僕とクラスが分かれたこの生徒は、この秋の駅伝大会の、このトンネルの中で無情にも、二年生まではチームメイトで、ともに栄冠を勝ち取って来た筈の戦友の僕を、平然と抜き去った。一歩ごとに数メートルずつ突き放し、あっという間に出口の、丸い光の眼の中に、黒点となって消えて行く。違う生き物であり、別の機械であった。

トンネルの中では、ややもすれば異次元のことが起きる……。

母の洗濯物を自転車の荷台に乗せ、トンネルを抜けて帰ろうとした。そのあとは切通しになって、下りの急坂が待っている。坂の途中からは、小さな商店街となり、右曲がりに蛇行し、降り切った直後に駅から来る道路と交叉する。そこを右折して、家の方向に向かうのだ。

暗がりの中で、さっきの、赤ん坊の顔が瞼に浮かんだ。

今までどこにもいなくて、突然この世に出現した生命。この僕の十数年を何も知らないそれが、よりによってこの時代この場に現れて、一緒に生きてゆくという。そういうのって何なんだろう……。

抗いがたいずれの前に立たされているような気分になった。赤ん坊のまだ見えぬ眼を感じ、開けばくっきりと丸いはずの瞳に見つめられる自分を想像した。それは、永遠の闇の壁を穿たれて、この光の世へと、こじ開けられたばかりの視線なのだ。

遠くにトンネルの出口が光る。巨大な台風の眼の画像が重なり、ふと、死、というものがこの世に構えていることを思った。

あの赤ん坊は当然そんなことをまだ知らない。いつ知ってしまうのだろうか……。

身の回りでも、これまで何人かの人間が死んだ。おそろしいことに、みんなそれまでは生きている人たちだった……。そしてなお、死んだ者は誰も自分が死んだことを知らないのだ。少なくとも、自分が死んだことを知っている人間は、今どこにもいない。生きていると思ったままで、実は突然どこかに居なくなっていて、帰って来ない。生まれる前も、死んだ後も、そこにあるのは「あの世」なのか、それとも「無」なのか。つまり両方とも死の世界なのか。確かなのは、生誕も死も、その一瞬の事実はどちらも、当の本人の意思とは全く無縁のところで起きているということだ……。

ずっと疑問だった。大体、いつ、どうして、この体は、この肉は骨は皮は、よりによってこんな自分なんかにとりつかれたんだ……。

突然、十五歳まで生きられるのだろうか？　という思いが僕の胸を刺した。年が暮れて明ければ、自然に十五歳になれるなんて、何故思えるのだろう……。年が明けて、入学する高校が決まるころには、十五歳になっている勘定だ。そういう事態が、どのようにして当たり前に起き、過ぎて行くのだろう……。

出口を抜けた。光は鈍く白く自転車を包み込む。ハンドルを握っている手を見ながら僕は、急に、この手がこのまま動かなくなるということがあっても、不思議はないように思え出した。

このまま、ハンドルの下側にあるブレーキを、この僕という自分が握らないということはあり得るのだ……。ペダルを踏んでいるこの足が、動かなくなることもあるのだ。今は、当たり前のように、動いたり止まったりしているこれらは、なぜ、そうなのか。自分の意思がそうさせているのだとしたら、自分の意思は、何を信じてそうさせているのだろう。自分の意思が、この手に伝わらなくなることがあると、考えてはいけないのだろうか……。

切通しから下り坂に入った。自転車はスピードを上げる。足元の砂利石は何本もの線となって交錯し始めた。大気は風となり壁となってぶつかって来る。電信柱が次々と現れては去り、米屋が過ぎ、肉屋が過ぎ、酒屋、八百屋、魚屋が、後へと押し流されて行く。対向車が、ぎゅいんぎゅいんと、自転車を揺らしながら真横をかすめる。僕はまだブレーキをかけない。さらにスピードが上がり、曇天の白い光の中を、駄菓子屋が撥ね、電気屋、畳屋が飛んで行く。

手は万力のような力でハンドルに固め込まれたままだ。それは、石か鋼鉄で出来ていて、もはや自分の意思などで、剥がれるものではないもののようだ。掌を緩め、ブレーキごと握りなおす行為が、とてつもなく縁遠いものに感じられる。

このまま両手が勝手にそうしていると言うなら、それはそれでいい。この手はどこまでブレーキをかけないままで居てしまうのだろうか……。自分の意思とは関係ないところまで行けるのか。そうだ今、自転車で突っ走っているこの自分の光景は、実はもう、僕の意思下にあるものではないかもしれないのだ……。

いのちの屋根

ラッキョウに呼ばれて、教員室へ向かう。年が明けて、すでにアチーブメントテストという、事実上の高校入試は終わっている。呼ばれた用件について、僕には、予感めいたものがあった。

前年の暮れ近く、母の入院していた病院からの帰りに、道路に沿って流れている、農業用の水路に、自転車と共にはまっている自分に気付いた。猛スピードで一直線に下って来た坂が行きついて、道はほんの少し右曲がりのカーブを描いていた。自転車が、緩やかな弧を外れかけると同時に、用水路手前の電信柱が左右に揺れながら突進して来たのだ。

溝を這い上がりながら僕は、落ちたのは中学に入って三度目だと、そんなことを考えていた。

《おまえというのは時々妙なことになっちゃう男のようだな……》

一年前、ラッキョウに初めてかけられた声が耳にあった。今日の呼び出しは、なんとなくこれに関連する問題かもしれない。そういう話なら、こちらからもラッキョウと、何か交わしてみたい。ここのところの、確かにどっかがおかしいように感じている自分自身について、ラッキョウの口から何か、聞かされたい文脈があるような気がするのだ……。

ラッキョウは、椅子の上でゆったりとしていた。手元にあるのは、授業とは無関係と思える黒い表紙の、分厚い本だった。小口の断面が金色に塗られている。

「先生」

呼ぶと、驚いたように教師は顔を上げた。僕を呼びつけたことを忘れていたもののようだ。その仕草はなんとなく僕をほっとさせた。ならば、先手を打ってやれ……。

「先生、僕は大丈夫でしょうか？」

「なんだ？　どうした」

「僕は何だか……すっかり……あの、なんとなく、妙な感じで。大丈夫なのかと……」

「なんだ、入学考査のことか。そんなことはまだわからん。考えてもしょうがないぞ。気にするな」

そういう受け取り方があるんだと気付いた。考えてみれば、今の時期、それが当然のことだったのだ。

ラッキョウの方の用件は、昼休み時間に、グンジのところへ行け、ということであった。

「今度の学芸会の芝居のことらしいぞ」

高校入学をめぐる試験は実質的には終わっていたが、もうひとくぐり、学力考査が残されていた。あくまでも参考に過ぎないとされてはいるが、合否ぎりぎりの場合、この結果も判断材料にされないことはないらしいのだ。合否の最終発表は、卒業式が終わったあとだ。高校入学の去就が最終的に定まらない期間での、芝居への集中というイメージがしっくり来ない。

「まあ、そんなに気にすることはないんじゃないの」

あっけらかんとラッキョウが言う。

でも、この時期のこの自分が、そこまでして取り組まねばならないような芝居というものが、この世にあるんだろうか……。

三年生になった時に、国語教科の担当は、別の教師に変わっていた。だからグンジの前に顔を出し、直接声を交わすのは、二年の最後の授業以来ということになる。緊張して前に立つ僕の手に、台本が手渡された。

今度は著者名もあって、僕も少しばかり知っている文豪の名が記されていた。一年の時の国語の教科書に、この台本とは別だが、その著者の小説の一部が、挿絵入りで載っていた。それに興味を得て、父親の書棚の、円本と言われていた、細かい文字が三段組みに詰まった著作を見つけて、一気に読み切った記憶がある。

主殺しの大罪を犯して、その後も強盗殺人を繰り返した悪逆非道な元藩士が、改心して僧侶となり、辺境の村人の安全のために、一人で山の中にトンネルを掘り始めるという話だ。

幾度か村人の嘲笑を浴び、時には協力を得ながら、元藩士はこれに邁進する。艱難辛苦の数十年後、貫通間近になって、自分が殺した主人の息子が仇討ちに現れ、主人公は潔くすぐにも討たれようとするが、村人が《せめて掘り終わるまで》と、主人公と息子を説得する。息子はこれを受け入れ、大願成就を早く実現するためにと、自らも掘削を手伝うようになり、そのうちに本気になって、共に作業をしてついにトンネルを完成させる。その時は、息子にはすでに、親の仇に対する復讐の念は消え失せていて、抱き合って達成を喜んだ、という感動物語である。そのメリハリの利いた文体と、明快な筋立てに、僕は引き込まれたのだった。

また、同じ著者の原作による映画も、夏休みに小学校の白壁に、映し出された映画で見ていた。妻と子供三人を捨てて、別の女性と出て行ってしまった父親が、二〇年後に突然戻ってきて、長男とあれこれ言い合いになって、空しくまた去って行くのだが、直後に、長男をはじめ子供たちがこれを探しに行くという話だ。こっちの方は、無理やり、分別くさい何かを納得しなくてはいけないような気がして、素直に共感出来なかった。

今回渡された台本の、表紙に書かれている書名を、これまで僕は見たことがなかった。

《屋上の狂人》

とある。四〇年ほど前に、芝居の脚本用に書かれたものだった。グンジが主人公の名を指さした。

「これが今度の役です」

戸惑った。やりようがない役に思えたのだ。グンジがどうして、自分にこの役を振るのかわからない……。

「明日から、体育館の舞台で稽古に入ります。他の配役もみんな今日伝えます」

すでにグンジの一存で、みんな決まっているのだ。

主人公は、朝から晩までこの家の屋上に上って、遠くを見ている二四歳の長男である。家族のものやら何やらが、キツネに憑かれているなどといろいろ取りざたし、その対応に苦慮している。そして、金毘羅さまの使いと自称する巫女を呼んで、この長男を煙にくべて体内のキツネを追い払おうとしたりするが、兄思いの聡明な二男がこれに厳しく抗議してやめさせる。ひと騒動あって、二男は、兄と共に生きて行くことを改めて宣言し、親を事実上納得させる。最後に、「金毘羅さまが見える」と兄が言う夕焼け空を、屋根の上下から兄弟共に眺めて、幕となる。という筋書きだ。文芸作品ということらしい。


舞台装置の屋根は、前方に張り出していて、上から前のめりに体を突き出すと、一番前列の客席の真上になっている。家屋の背丈に加えて、一メートルほどの舞台の高さがあるから、かなりな高度を感じる。落差の感触が五体にまとわりつき、下腹部がざわつく。

公営住宅から、今の家に引越して来たころ、僕はよく屋根に上った。上るというより二階の廊下の欄干を超えて、一階の屋根に降りたという方がふさわしい。そこから中腰で十数メートルいざって、玄関の真上まで出て鬼瓦を跨いで座り、門を入って来る家族に、手を振ったものだった。時に裏まで回って北の空を見れば、頂上付近が坊主頭になっている低い山が離れてあり、そのてっぺんに知らない模様の旗が一本、にょきっと突っ立っていた。近くに建物はなく、人影もない。旗は春夏秋冬昼夜分かたず、ぱたぱたと風になびき、雨に濡れ日に干され、ひとりでぼろになって行った。

僕は、高所から遠方に視線を投げているのは好きだったが、真下を直線的に覗き込むのは、苦手だった。原因は、高さの手触りのようなものへの誘惑にあった。灯台や展望タワーなどの、細くて高い塔から真下を見ると、その高さというものを実感しなければならないような、妙な義務感に駆られるのだ。

五〇メートルの塔であれば、この五〇メートルという高さは、どのようなものなのか、あまねく直に実感し体得するべきことのように思えて来る。

たった一度のこの世に生れて来て、この世のまさに目の前に、この高さというやつが在りながら、肌身でこれを実感できないままに放っておいていいのか……、と、身を投げ出さないではいられなくなる自分に苛まれる。それが怖い。

小学五年のころ、一階と二階の間に突き出ているトタン屋根の庇の上に降りてみたことがある。地面までは、ほんの四、五メートルほどで、飛び降りれない距離には見えなかった。そんな程度の高さを直接味わえないままでいることは、許されないように思えた。

この庇と庭のある家に住んでいる自分が、なんで、庇と庭をつないでいる空間というものを直に実感しないでいられるのか……。

蝙蝠傘を広げて担いだ。鳥の羽の代わりというほどのことはないが、傘が作る浮力で、ふんわりと着地することもあっていい……。

庇の上にしゃがみ込んで、縁に巡らされた雨どいから少しずつ、乗り出してみる。剥げかかっているが、芝の緑が、柔らかく視界に広がる。手を出せば届きそうだ。自分をやさしく抱きとめてくれるに違いない……。

傘を持ち直し、しゃがみ込んで、膝とつま先に力を入れ、さあとばかりに庇のヘリを蹴ろうとしたその時、後ろの欄干から声がした。

「何やってんだ。やめろよバカ。死んじゃうぞう」

兄だった。低くおびえた響きが鼓膜を揺らす。正真正銘の恐怖が滲んでいる。今まさに偉業をなそうとする、弟の決意に対する絶望的確信が、その声に感じ取れた。間違いなく兄は、自分のこの本気を信じてくれているのだ。信頼に応えねばならぬ……。

「ねえ。やめろよう。ほんとに」

すぐにも、面前に広がる空気の大海に、身を差し入れることが出来た筈だった。しかし兄の、途方にくれたような震え声が、耳に釣り糸のように引っ掛かり、ぴんと張って離れない。どうしても夢の空間に、身を預けることが出来ない。

直後、糸を伝って来た兄の恐怖が、一気に僕の全身に感染した。

兄は正しいのだ。死んでしまうことだってあるのだ……。

あわてて、声の糸を手繰るように這い上がり、欄干にしがみついた。

あの時はたまたまに、兄の声で引き戻されたけれど、間違いなくぎりぎりまで行った。放っておけば飛び込んでしまう自分が確実に居た。兄に助けられた、それは断言出来る。でも、この自分はいつまたあの状態になってしまうかわからない……。

屋上というのは、なぜか人の心を高揚させ、不安定にもさせる。足下に、ざわざわと、生きとし生けるものがうごめいていながら、それをことさらに無視して、気持ちを天空に向けている。

とりわけビルの屋上の平面は、静かだ。四方がどこまでも見渡せ、天上が無限に突き抜けている。自分がどこかに向かって、どこまでも行けてしまうような意識に満たされる。永遠というもの、生き死にというものが直に、この現し身にまとわりつくというような、そんな場所なのだ。夕日の当たるときは特にそうだ。

半年前の夏の終わり、首都の下町にある、定時制高校の男子生徒が、学校の屋上で、同じ高校の女子生徒を殺してしまったという。事情があって少し歳は行っているようだったが、未成年であることは確かで、中学卒業間近の僕たちとそんなに違わない。

むきだしのコンクリートの縁が、空との境目を区切っているだけの、無人の屋上の新聞写真が、今も僕の目に焼き付いている。石灰色に浮かんでいる壁に、二人の生徒の後ろ影が塗りこまれて、うっすらと滲んでいるようだ。恐ろしい結果へとやみ難くいざなわれてゆく引力のようなものが、画面に張りつめている。

男子高校生は、この二月、記録的な速さで死刑判決を受けた。

以前、「少年死刑囚」という映画のポスターが駅前に貼ってあり、刑吏に引き出されてゆく一人の少年の、抗い、もがく姿が大きく描かれていたが、この高校生は、正真正銘の少年死刑囚になってしまった。監獄での、死んでゆくためだけの確実な日々、今の今のそれが、高校生にとってどんなものか、僕には想像出来ない。

看守たちは、職業的な、凍りつくような優しさでこの生徒に接しながら、せめて《早く通り過ぎてくれ》と思ってくれているだろうか……。

本番の幕が開いた時は、主人公はすでに屋上に居る設定になっていた。先んじて僕は、教室にあった椅子と机を何台も重ね、巧みに足を噛み合わせて作った建物を、用心深く這い上がった。

狭い屋上に辿り着いて、あれっ、と思った。幕の上から観客席が目に入る。幕はまだ閉まったままだが、その丈が屋上まで届いていないのだ。当然に観客からも僕の姿は丸見えだ。

「まあ、あんなところに」

声が揺れる。

「あいつだぞ」

僕の名前の響きも混ざる。

戸惑った。まだ劇は始まっていない。僕はまだ、役をやる前のいつもの僕である。つまり、劇中の主人公にはなっていない。客席もまだ、明かりの中に浮いており、僕にも、座っているそれぞれの人間はおおよそ特定出来てしまう。いつもの、遊び相手であり喧嘩相手としての関係がそこにある。こっちは劇中の時代を表す兵児帯姿だが、ベルが鳴らない限り、気持ちはいつもの中学生のままなのだ。

「おおい……」

手を振る者がいる。つい応えそうになってやめた。

「よく似合うぞ！」

「ピッタシだ」

何に似合うんだ。何がピッタシなんだ……。こっちはまだ、この役には入ってないんだ……。

そしてまさにその、いつもの僕を級友たちが揶揄している。

「おおいキョウジン……」

「おまえに、演技なんていらねえよ……」

声は軽やかだが、底知れぬ悪意の所在をその中に感じ取る。

こんなやつら……。

自然に、客席全体をにらみ渡すようになった。するとなんとなく、これから役に入ろうとする役、というものを演じて、素人どもに見せてやっているような気がしてきた。

屋根にしゃがみ込んで両膝で顎を挟んだ。それから、誰もいない場所のように客席を見下ろし、大きく視線を旋回させてみた。観客の顔や体の輪郭が、まだらな縞となって流れた。すーっと落ち着いた。主導権はこっちにある……。

しばらくして客席方面に闇が落ち、正面からの強い照明に射込まれる自分を感じた。ブザーが鳴り、幕が横滑りに開く。やおら首を上げて立ちあがり、照明の奥の高く遠い闇を見つめる。意識から観客が消えた。

僕の役名は、配役欄の最初に書かれていて、一応主人公ということになっている。確かに、出演者の中ではただひとり、舞台に出ずっぱりの役だ。だが、名前のついた役柄の中では、一番、台詞が少ない。全部合わせても、十本そこそこで、そのうえ、各々が一行にも満たない。その内容も、同じことの繰り返しで、役柄としてのリアリテイも切実感も全く感じられない。《いややあ》とか《金毘羅さんが呼んどる》というものばかりだ。

金毘羅さんと言われても、僕の頭がその具体的な像を結んでくれない。立ち居も、地上におりて、煙に燻されて泣き叫ぶ場面が一度あるだけで、ほかはすべて屋根の上に、一人でいるのだ。その間、劇の焦点はすべて、眼下の庭にある。つまり、劇の進行や内容、作者の表現したいことはことごとく、主人公の、劇中の所作以外のところにある。

とりわけ、弟と巫女と父親の絡みが長く続いて、それが、この舞台の胆として設定されている。その間、主人公たる僕は、屋上に居て何もすることがない。台詞もなく、動きや身振りについての指示も台本には何もない。彼方の空に見えているであろう、金毘羅さんを相手に、孤独の振る舞いを続けるしかないのだ。自分に客の視線が全く向けられていないことは、屋上からもわかる。むなしい、というより、やりようがない。

何よりも、僕には、表題にある《狂人》というおどろおどろしい響きが、役柄になじんで来ないのだ。台本を読む限り、主人公は、屋上にいることが好きなだけの人間でしかない。どうにも《狂人》の実感がない……。

ずいぶんと小さい時だった。寮に住んでいた頃なのか、公営住宅のころなのかはっきりしない。父と二人で、田んぼの畦道を歩いていた。早春の、晴れた日の昼下がりのようだ。田んぼの水に反射する日差しが、父の、当時はまだ輪郭のはっきりしていた顎の線に照り返り、ゆらゆらと揺れている。着いた先は、茅葺き屋根の古い農家で、庭に面した廊下は長く、その奥は暗かった。その家の年配の男は、父の昔からの知り合いらしかったが、どういう間柄なのかも不明だ。二人が話している間、僕は、男の奥さんらしい女の人がくれた金平糖を嘗め続けていた。片手に余る大きさの、袋いっぱいの金平糖は、うれしいものだった……。

帰りも、甘い、星形の刺激を舌で味わいながら畦道を歩いた。父の着流し姿は、長身で恰幅のいい体形に合っていた。後ろから歩いていて僕はふと、黙ったままの父が知らない人のように思えた。小さく呼んでみたが振り向いてくれない。

怖くなって、父に向って走り出す。突然父が止まり、僕はその背中にぶつかった。父の柔らかい着物生地に包み込まれるようでうれしかった。その後父は何回も止まり、僕も何回もそこにぶつかった。そのたびに笑い合う……。

遠くに声のようなものを聞いたと思った。男のようでもあり女のようでもあった。それは田園風景を一直線に切り裂いた。何を言っているのかはわからない。これまで聞いたことのない、金属的で、神秘な鋭さをその中に僕は感じた。ひたむきで、悲しくて、ちぎれるように痛い……。

なにあれ……？　僕は父の顔を覗き込んだ。父も気が付いていたようだ。声はかなり遠くのものだったが、何度も聞こえ、いつまでも続いた。何かをしきりに訴えているようだ。怖くなって僕は父の手をまさぐった。瞬間、父は優しく握り返してくれたが、すぐその手をほどいた。僕はその動作にとても強い意識を感じた。父は、何ごともないように歩いて行く……。

再び声がした。今度は少し近いようだった。百メートルほど先の、右手前方に小さな、板張りの小屋が見える。大きなかやぶき屋根の、母屋らしい建物から数十メートル外れてそれはぽつんと、凍るように建っていた。僕は、後じさりし、父の裾を引いた。ねえ、反対側の方から帰ろう……。

いや、このままでいいんだ。変えるもんじゃないよ……。父はそのままずんずんと進んで行く。声は続いている。父は、もう、前で止まって、僕がぶつかるのを待つということはしてくれなかった。が、その顔は、変わらず穏やかだった……。

その後、小学校に入ってから、僕は、登下校の時、学校前から駅に続く道で、にこにこして周りを見ながら歩く、崩れた服装の男の人を何度か見た。低い声でずっと何かをつぶやいている。行き交う中には、驚いたように振り返る人がなくもなかったが、その程度のことだった。それぞれにさまざまに人々がそこにいて、それだけのことだった。

僕には、劇中の父親のほうがよほど不気味だった。

この男がこの島にいつから住んでいるのかはわからない。台本によれば、主人公が生まれたころ、もともと島に自由に生息していた筈の大量の猿を、片端から撃ち殺したという父親である。そして、そんな所業について、軽いことのように屈託なく話し、なお、自分が殺したその猿たちが息子に憑いているんじゃないかなどと、平然と他人に言える父親である。巫女の理不尽な御託宣に従って、息子を抑え込んで煙で燻すというような、ものすごいこともやれてしまう。残忍極まりない。軽い気持ちで猿を大量に殺せるようなやつは、なんでも殺せる。たとえその猿がほんとは人間だったとしても、平然と殺せるだろう。

おかしいといえば、この巫女の方がよっぽどおかしいのに、息子ではなく、そっちの言うことを聞いてしまう。神様のお告げなら息子を煙で燻せるようなやつは、自分のせいでないことにすれば、なんだって出来てしまう……。

一方でこの父は、島で屈指の資産家で、それなりの名士として世に憚っている。そういう設定の平然とした様子、何とはなしの肯定感が空恐ろしい。

　小学校六年の時、級友の妙な筋書きにはまり、遊びのつもりが知らないうちに本当の決闘になっていて、みんなにかわるがわる殴られた。その時、最後に出て来て、決定的に僕を打ち倒し、地面に這いつくばらせたのはこの父親役の生徒だった。それまでは、僕はこの生徒を親友だと思い込んでいて、遊びとはいえ、自分をこんな風に平然と、思うさま殴れる間柄だったとは、全く考えていなかった。直前まで何の兆候も親友にはなかったし、この生徒が僕を、個人的に憎む理由は絶対になかったのだ。

　二年前、学芸会の劇で演じた《師団長》が、南の島で、自分たちが手にかけた、村人たちの亡霊に取り囲まれて復讐された。今、父親役を演じているのは、あの時、現地人の族長役をやった生徒だ。あの復讐場面も真に迫っていた。あれから二年たって今日の、この生徒の演技は、いちだんと迫力を増している。今、息子を煙にいぶすために抑え込んでいる父親役の、この気配は芝居ではなかった。この抑え込み方はどこかで、演技に名を借りた、うすら寒い本気が入っているのだ……。

「うえ！　うえ！」

　見えない煙に燻されているうちに、僕は本当に息が詰まり出した。そして、咳が気道を突破して来る勢いに押されて、体の中の栓がひとつ外れた。

《苦しいんだよ、この野郎！……》
身を守るべく胸元に組み合わせていた両肘を、角度を保ったままグイと振り回した。
《芝居だからいいんだ……》
右肘が、父親役のあごに、存分の手ごたえを得て命中しこれを横に撥ねた。同時に、仰向けになって縮こまらせていた膝を、勢いよく解き放つ。右足のつま先が、相手の股下の柔らかい部分にずぼっと入り込んだ。
「ぐふっ！」
父親役は、前こごみに座り込む。その着物姿の下半身は、下着だけなのだ。こちらを睨んでいる。
《芝居じゃねえか、どうしたんだ……》
痛みと、怒りの交錯する父役の目が、今にも滲み出ようとするものをこらえている。
《この野郎、絶対に許さねえぞ……》
本気だ……。
巫女役も母親役も息を呑み、固まっている。
《芝居なのに、何してるのよ……》
みんなの眼が言う。僕も無言で返す。

《そうさ、芝居さ……。僕のこれだって迫真の演技じゃないか、みんなどうしたというんだ……》

「お父さん、只今帰りました」

下手から弟役が登場し、舞台は非常の硬直から解き放たれた。ほうほうの態を繕って、屋上に逃げ戻った主人公は、もう平然と、金毘羅さんがいるはずの遠くの空を覗き込んでいる。下界では弟役の生徒が、スポットライトを浴びている。《オコロ　ポーノレポイ　ガニエワ》の時は、参謀長役だった優等生である。今度の劇では、兄と対照的にすこぶる《ようでけた子》でいながら、《「狂人」である兄》を守ってくれる中学五年生だ。旧制中学だから、一七歳くらいで、いくらかは年上なのだろうが、演技者たちの実年齢に近いと考えていい年齢である。

弟は、兄への残虐行為を煽る巫女を、罵倒して蹴りあげ、父親に怒りをぶつける。

「お父さん、又こんな馬鹿なことをするんですか、私があれほど云うといたじゃ御座んせんか」「松葉で燻べて何が癒るもんですか……。人が訊いたら笑いますぜ。日本じゅうの神さんが寄ってたかってきたって風邪ひとつ癒るものじゃありません。お医者さんが癒らん云うたらや癒りやせん」「屋根へさえ上げといたら朝から晩まで喜んどるんやもの。兄さんのように毎日喜んでおられる人が日本じゅうに一人でもありますか?」「今兄さんを癒してあげて正気の人になったりしたら、……日本じゅうでおそらく一番不幸な人になりますぜ」「苦しむために正気になるくらい馬鹿なことはありません」「何が厄介なもんですか。僕は成功したら、鷹の城山の頂辺へ高い高い塔を拵えて、そこへ兄さんを入れてあげるつもりや」「普通の人やったら燻べられたらどなに怒るかもしれんけど兄さんは忘れとる」

流暢に繰り出される台詞は、凛々しさにあふれ、自信と正義に満たされている。兄役の僕の眼には、この生徒が、実の人生でも、こういう振る舞いが出来る立派な大人になっていくことを、自ら観客に向かって宣言しているように見える。

この生徒の居場所は足元のおぼつかない屋上ではない……。大地を両足でしっかと踏みしめている。その大地が実は、屋上以上に頼りなく、永遠の中に浮いていて、誰もがそのつるつるとした斜面に、必死にすがりついているにすぎない、などとは想像もしていないようだ。この生徒の現在は足下の岩盤に支えられ、未来はしっかりとその現在を包み込んでいる。いわば、たしかな時間と空間をこの生徒は所有し、それらにまるごと所有されている……。

そして兄役の僕は思うのだ。

屋上の主人公そのものは、心の奥底で思っていないだろうか。この優しい、正義の弟が言っていることは、それだって、当人の勝手な思い込みではないか。この自分が、永遠に《正気》にはならないと、誰が決めつけられるのか。今の自分が、この上なく幸福だと、苦しんでいないと、自分でない弟がどうして言えるのか。そもそも今の自分はそれほどに《正気ではない》のか。弟が自分のことを心底思っていてくれていることは疑いがないが、同じ人間として扱っていると言えるのだろうか……。

僕は、主人公そのものに訊いてみたい。でも、台本は何も言ってくれないのだ。もともとこの台本では、主人公自身が見えない。人物そのものが相手にされていない。本当にはどういう人物なのか、その心の中はどういう状態なのか、演技者の彼には実感できない。わかるのは、周りの人間が主人公のことをいろいろ言っていることだけだし、それだって取ってつけただけの、現実味がないものばかりなのだ。

グンジは、どうしてこの台本を選び、この僕にこの役をあてがったのだろう……。そして、グンジは今回も、役柄について何の説明もしなかったし、また、稽古中も、一言の注文も出さず、助言も指導もしていないのだ。

拷問から逃げて屋根に戻ってからの主人公はもう、劇中ではほとんど用済みの存在であった。台詞は幕切れに一言二言あるだけで、それまではずっと、劇の進行の埒外にあった。観客の耳目はすべて屋根の下の弟たちのやり取りに吸引されていた。しかし、誰も見ていなくても、観客に身をさらしている以上、僕は演技者であり、それらしく振舞わねばならない……。

成り行きを装いながら僕は、立ったり座ったり、遠くを眺めたり、適当に独りごちたり、笑ってみたりするのだが、体も気持ちも、ぎこちなさに囚われたままだった。無為な時間がとろとろと屋上に溜まってゆく。

「あ」

「危ない」

かすかな響きが観客席に漂った。屋上に突き出ている椅子の足に、僕の足が引っ掛かったのだ。足もとが揺れ、ほんの少しだが全身がよろけた。教室の椅子や机を無造作に積み上げただけの家であり、屋根である。

「おっとっと……」

思わず、屋根の椅子にしがみついて、しまった……、と思った。

つい、いつもの愛嬌が出た……。自分を見てくれているであろう数少ない観客への、サービスみたいなものだ。この仕草も台詞もこの役に合っていない。これではぶち壊しだ……。

僕は焦った。

ところがである。実際の舞台は、なにごともなく進んでいるのだった。観客の視線のほとんどは、主人公から遠く外れたままだったのだ。思わず漏らした僕の声も、ほとんど、誰にも聞き取れないようなものだった。助かったと思う一方、身の置き所のなさがさらにつのるのを感じる。

最早やることは何もないし、何もやらないことすら出来ない。行くところも帰るところも、とどまるところもない。それでいて下では、どんどん、舞台が進行している。

つまり、この役というのは、僕には絶対に出来ないし、誰にも出来ない。出来てはいけない役なんだ……。

とりとめなさに包み込まれながらも地上の時間は過ぎて行く。舞台は、終盤に来ていた。登場人物は、弟役以外はみな退場している。屋上の僕は、あらためて、観客席のはるか先の空に目をやる。弟も下の庭先で同じ方角を見ているはずだ。

舞台反対側の壁板の、破れ目から漏れ込んだ光が一筋、内側へ向けてきらりと、その穂先を伸ばしていた。僕は、自分のもとに戻った観客の視線を精一杯意識した。顔に生気をみなぎらせ、大仰に首を振ってその光を覗き込む。舞台全体が赤い薄明かりに転じており、兄弟二人の立ち姿だけがスポットで白く浮かび上がっている。客席からは物音ひとつない。

破れ目からの光が、一際大きくなった。何もなかったその真ん中に、小さく黒点が浮かんでいるのを、僕は見逃がさなかった。

あれはまさしく零戦といわれていた特攻機の後姿だ。何もかもがすでに終わっているというのに、たった一機でぽつんと、夕焼けのもとへと出撃しているのだ……。

屋上の兄が叫び、地上の弟が応える。

「見いや！　向こうの雲の中に金色の御殿が見えるやろ、ほら見い！　きれいやなあ！」

「ああ見える。ええなあ」

直後、黒い機影は眩さの中に溶け込んでしまった。主人公の最後の台詞だ。

「ほら！　御殿の中から、俺の大好きな笛の音がきこえて来るぜ！　好え音色やなあ」

短くて確かな静寂の中を、滑るように幕が引かれて行く。徐々に沸き立つ力強い拍手。

数分後、閉められた幕の前に、出演者が並んで、主人公が屋上から下りてくるのを待っている。フィナーレである。しかし、主人公の僕は、屋上に突っ立って、飛行機の消え去った一点を見つめたままだ。

特攻機はどこまで行っただろう……。あの後ろ姿は寂しそうで、殺戮しに行くものの猛々しさは微塵もなかった。もはや死ぬことだけが任務の飛行だった。夕焼けの機上にあるのは、ただ死と生に直に挟まれた、永遠の束の間だけだ……。

僕はまだ見つめている。

光をこちら側に残して、穴を突き抜け、成層圏から無重力へと抜けた向こうで、特攻兵は今、どのくらいの彼方を飛んでいるだろうか……。遥か宇宙の闇にあって、今も地球の明かりに照らされながら回遊しているはずの一匹の衛星犬と、遭遇出来るとでも思っているだろうか……。

屋上部分は、舞台の上方に突き出ているから、幕が閉まっても、遠くに目をやって立ちすくんでいる主人公の姿は、観客から見えている。下では、幕の外側から、父親役が叫び、弟役が手招きしている。主人公は動かない。父役の声は怒声となり、巫女も金切り声をあげ、舞台横に控えていた教師もこれに加わる。

成行きを見ていた観客席のところどころから、柔らかい笑いが立ち、屋上に向かって呼び声がかかり始めた。それらは交じり合い、唱和となり、やがて劇の余韻を楽しむような、共感の拍手へと変わって行く。出演者たちはやむを得ず、屋上の主役抜きで、手をつないで頭を下げ、拍手に応えている。

しばらくして僕は、明るくなった観客席の両親のもとへ、兵児帯姿のまま寄って行った。クラスメートや、親たちの興味深げな視線が、左右から皮膚に差し込む。カタカナのような漢字のような、ある名詞の形をした響きが、そここに行き交っていた。周辺の、輪郭の崩れた白い笑顔の数々が、主役への畏敬なのか、演技への感心なのか、増幅した親しみなのか、はたまた役と僕への蔑みとあざけりを表しているのか、そんなことはどうでもよかった。

ともかくこれで、すべて終わった。何とでも呼べ。これで卒業だ。みんなとはおさらばなのだ……。

膚の色が落ち着いて、すっかり人間めいて来た赤ん坊が母の胸で寝ていた。隣に父の笑い顔が浮かんでいる。優しくて、柔らかくて、なつかしい。

この芝居をやっている間じゅうも、僕は父を感じることがなかった。二年前の、《オコロポーノレポイ　ガニエワ》のクライマックスの只中で、急に自分の背中から消えてしまった父の気配。あのとき、劇が終わって、客席の親のもとに行ったときは、父はもういなかった。

もちろんその後も父は、変わりなく家族と一緒に暮らしていた。朝早く出て行き、夜遅く帰って来た。そして以前同様、父は息子に、いろいろな話をしようとしていた。

休日は二階の部屋で、古今東西の話が父の口から出た。しかし、そのころ僕は、実はもう、父のそばにはいなかった。おとなしく座ってはいたが、何も聞いてはいなかった。そしてまた父が、歴史とか、現在の出来事とか、小説のことなどいろいろ話してくれてはいるが、父自身のことをほとんど語っていないことにも、気付いていた。僕の方も、父に肝腎なことは伝えていないことを知っていた。

いつからこんな業を覚えたんだろうと、自問自答しないわけではなかった。二人はお互いに、いちばん必要なことだけは避けるために、そこにいなければならないもののようであり、そのぶん父の語りは果てるともなく続いたのだった。毎日父の前で、僕は、とうの昔に巡らせていたかも知れない秘密の城壁を、より強固に、揺るぎないものにしているように思えていた。

当然だが僕には、話している父は見えるが自分の顔は見えない。

この人は、僕が見えていない僕を見ている。誰なんだそいつは……。この人は、僕をどんな人間と思って話しているのだ。僕はとっくに、この人が思っているような人間じゃない。というよりもずっと、自分自身が頼りなくなっていて、なんか、幽霊みたいな感じなんだ。それなのに、目の前に確かなものが在るように話し続ける人がここにいる。どうしてそうやっていられるんだ。この人は誰なんだ……。

二年の月日がそのように積み重ねられていた。今日の父のさりげない佇まいに、ふっと、以前の父親のような身近さと安定を感じはしたが、そのような芝居じみた感傷をうち消すくらいの器量は、僕の中に育っていたのだった。

「今回は大変だったみたいだねえ、さすがのきみも」

半端で曖昧なままだった演技を、父は見抜いている。

「台詞がずっとなかったところが一番難しいよな……」

わかってくれているらしい。それだけでいい……。

こっちもとりあえず、何か合わせようと思った。

「難しいよ。僕にはやりようがないもの。こういうの」

「そうだよな、前に、この役をさ。何とかいう、新劇の、有名な役者がやっていた舞台を見たけど、やっぱり、駄目だったものな。全然……」

慰められたことになるのかな……。と思う。つまりは、その有名な役者なみに、今日の僕の演技は駄目だったってことじゃないか……。

父が続ける。

「あの、屋根の上の、途中の、台詞のない、あのところ……」

「……」

「ほんとはあそこが、きみの見せ場だったんだよな。もう終わっちゃったけど……」

そう、もう終わったことだ。もういい……。

「でも、あそこでね……。きみ」

こらえきれないように父は俯いた。

「おっとっと……ってね……。あの役でねえ、あれはねえ……」

クスッと笑ったようだった。

第四章　漂　着

記憶の回廊

「一年生の時あなたの担任だった、あの女の先生がね。すみません、といって泣き出したのよ」

卒業式で心ゆくまで校歌を歌って帰宅すると、母が玄関に立っている。式を参観して、先に戻っていたのだ。

「なにそれ?」

「わかんない。びっくりしたわよ。なんかあったの?」

「知らないよ」

僕は、造作の大きな女性教師の顔を思い浮かべ、彼女とのやり取りを、急遽記憶の回路に引き出そうとした。あの、教員室での正座に関することのように直感した。

でも、あの件で、今になってあの先生が謝るのかなあ……。

そもそもあの件は、二年生になってからのことで、一年の時の担任教師とは関係がないはずだった。例え、グンジが僕に対して行ったあの行為を、同じ教師として止められなかったことを気に病んでいるのだとしても、今更謝ってもらってもどうにも仕方がないのだ。それに、なんといっても担任を任されて間もない新人教師だったのである。ベテランの先輩教師に歯向かうことなんて出来るわけはない。それくらいは中学生の僕にもわかっている。

先生は、何もしなかっただけなんだ……。

もちろん責任の一端はあるかもしれない。でも、グンジはもとより、その時の担任だった年配の教師とか、あるいは校長とか教頭とか、もっと責任ある立場の連中はいるはずだ。どうして、いよいよ卒業というときに、あの若い女性教師が、大きな目に涙をいっぱいためて、謝罪の表情を母に向けるのか。いまさら、大仰に謝られたら、もっと、深くて重い何かが、あのことの裏にうごめいていたのかと思えてしまうではないか……。

《きみは本当は素敵な子なんです。先生はわかっていますから……》

僕の中で、何かがつながりかける。体内各所に配置された臓器の、奥底に滞っていた記憶が、今もたらされた疑問との回路を求めて、全身を巡り、ぼこぼこと脳裏に沸き立つ。


「一緒に座りたくない人の名前を書いてください」

ホームルームで、小さな白紙が配られ、担任の女性教師が言った。一年生の、二学期の中ごろだった。小学校の時もそうだったが、この中学でも、ひとつの机に、二人ずつが並んで座るようになっている。

ヘンなの……。

僕は思わず周りを見回した。そこにはもっと妙な感じがあった。唐突なこの提案について、自分以外のほとんどの生徒が、あらかじめ得心しているように見えたのだ。小さいが歓声を上げる者までいる。

教師の顔はこわばっている。緊張した時の癖で、顎が少ししゃくりあがったままだ。なんとなく、犯罪者の仕草みたいだ。

生徒たちは取り上げた鉛筆を、申し合わせたように紙の上に滑らせている。書き終わった紙を二つ折りにして、回収されるのをうれしそうに待っている。ただならぬ気配を感じた。

いくらかの間をおいて僕も書き込んだ。

《誰と一緒に座ってもかまわない》

これが席替えをするためのものとは思いたくなかった。教師として、生徒たちの現状を知っておくとか、何かの必要に迫られて、こんなやり方をするんだと思いたかった。

しかし、月曜日の朝、席替えが実施された。新しい僕の席は、黒板に向かって右隅の、前から四列目になった。比較的大柄の、赤ら顔だが目のぱっちりした、どっちかというと顔立ちのいい男子生徒の隣だ。

やっぱり……、と思った。あまりに露骨なのだ。

一学期の終わりごろから、急にこの男子生徒が、クラスのみんなから避けられ始めていたことを、僕は感知していた。が、原因も理由もわからない。無口で、誰ともあまりうちとけない生徒ではあった。しゃべると少し、言葉遣いが荒っぽくなるとは思っていた。しかし、成績も普通以下ということはなく、身だしなみも、ほかの生徒と特に変わるところはない。もちろん僕よりははるかにましだった。特定のクラスメートと反目したり、諍うような場面は全く見られない。

はじめに、女子生徒たちの間で、この生徒を無視して見せるような傾向が現れ、徐々にそれは男子生徒に伝染して行った。二学期になると、無視というより、わざとらしく、顔を背けるような仕草になった。さらには、この生徒が教室に現れると、そこに固まっていたそれぞれのグループみんなが、意味ありげに顔を見合わせ、

「来た来た」

「やあねえ」

「いいからいいから」

ささやき、口をゆがめ、薄ら笑いを浮かべ合うのだ。その中には、当時一番好意を寄せていた、まつ毛が濃くて目元の深い女の子もいて、僕を重い気持ちにさせた。

そして秋も深まったころ、その男子生徒と並んで座っている女子生徒が、ホームルームで手を挙げたのだ。

「先生、席替えしてください」

ぱらぱらと、他の女子生徒も手を挙げる。

「彼女の席を替えてあげてください」

指される前から、次々に立ち上がって叫ぶ。

「やはり仲のいい友達と、並びたいのは当たり前だと思います」

教師は、

「同じクラスの友達同士です。誰とも分け隔てなく、仲良くすべきです」

と、繰り返すが、生徒たちはきかない。

隣席の男子生徒は、うつむき加減にじっと前を見つめている。しっかりと聞こえていることは誰でもわかる。クラス中の視線が、熟柿のように赤く火照ったその頬に、注がれていることも、この生徒は知っている。

ついに、当の女子生徒は突っ伏して泣き出した。

「先生はどうして私をいじめるんですか」

「私にだけ、どうしてこんな思いをさせるんですか。私だけじゃないですか」

「先生だってわかってるんじゃないですか」

教師の固まった顔は生徒たちの誰をも見ていなかった。彼女の視線は後ろの壁の一点に空しく据えられていた。

「後で、お話を聞きますから、教員室に来てください」

その後、教員室で交わされた話について、教師からの説明はなく、二日後にアンケートが実施され、週明けには席替えとなったのだ。

先生は焦ったのかもしれない。あのアンケートは、初めてクラス担任を任された彼女の、苦肉の策だったのだ……。

僕には、あの女性教師は、この僕があのように回答するであろうことを、うすうす感づいていたのではないかと思えて仕方がなかった。つまり、あの回答は先生のねらい通りだった……と。

《誰と一緒に座ってもかまわない》

あの回答に対応して教師は、僕をその男子生徒と相席にすることが出来たのだ。

《きみは本当は素敵な子なんです。先生は知っていますから》

あの言葉の意味は、あのこと以外には考えられない。

僕はあの時、先生の救世主の役を果たしたのだ……。僕は先生にとって、確かに《素敵な子》だったのだ……。

ならば、先生はこの自分に負い目を感じてしかるべきと言うことになろう……。

ひとつ思い当たった。一年生の学芸会の主役に、僕は勇気を奮って立候補した。クラスのみんなは、全く相手にしなかったし、教師もはじめはそんな感じだった。それが途中から思い直したように、推してくれたのだ。あれは、負い目を僕に返すチャンスだと、心の奥底で彼女が気がついたからかも知れない。つまり、あの席替えの見返りだったということなのか……。

席替えののち、僕には、自分たち二人の席を見る級友の目が、異様に興味深げなものに見え始めたのは確かだ。それも、みんながみんな同じような、特定の意味をその目にたたえているようなのだ。僕自身にわからない意味を……。

「あいつなんかの隣にされて、いやじゃないのか」

とあけすけに言ってくる者も何人かはいた。

「そんなことないよ。どうってことないよ。普通だよ」

さらっと応えていたのだが、

「そうかなあ……。いやじゃないのか、だっておまえ、へええ……」

相手は大仰に、驚いた様子を見せる。語尾の抑揚に、うすら笑いが混じる。

《おまえってそういうやつか……》

その様子は何か、僕との関係についての、相手としての決定的な判断が、固まり始めていることを感じさせた。

無記名投票とは妙なものだ。無記名であるからこそ、その結果から生まれる自由な推定や思い込みが、新たな事態を生むこともある。

《誰と一緒に座ってもいい》と、用紙に書いたことは担任教師以外誰も知らない。そのために、あの男子生徒と隣同士になったことも、仕組んだ教師以外は知らないはずだ。クラスメートの多くが、赤い頬の男子生徒の名前を書いたであろうことは、いきさつから見て判断できるし、誰もがそう確信している。そしてなお、結果的にその生徒の隣に座らされた者も、それなりに名前を書かれたはずの者だ、と考えても不思議はないということも言える。この場合嫌われ者同士でなければ、相席にはできない寸法だからだ。そして、確信出来る唯一のことは、この男子生徒が投票用紙に書いたのは、僕の名ではなかったということだけだ。

今回の席替えの結果だけからみれば、極端な例、僕とこの男子生徒を除いた全員が、用紙にこの生徒か僕の名前を書いた、ということすらあり得るのだ。そのように推測することは誰にとっても自由だし、それが誤りであることを指摘する手立てはない。すると、そんな推測を可能とする事態が意識されながら、その後の、クラスメートそれぞれと僕との関係が出来て行ったとも言える。

ほかのみんなの、僕に対するその後の対応はどうだったのか……。

それを思い起こそうとする自分と、拒否する自分が僕の中で、絶望的にせめぎ合う。

しかし、クラスメートとの、そうした関係の成り行きについてまで、あの教師にはわかるべくもない。卒業式での彼女の、涙が意味することとはつながらない……。


「どうしてきみはそうなの。どうしてあの子たちの授業を邪魔したり、笑ったりするの？どういう子たちが勉強しているところなのかわかっているの？」


確かにあの時も、女性教師の大きな目に涙が滲んでいた。

一年の三学期の終盤、授業の合間に、わいわいがやがやとクラス中が湧き立っていた。期末試験も学芸会も終わっている。春休みまで、やらなければならないことは取り立てて何もない。義務教育であり公立学校である。成績とは関係なくみんな進級することは決まっている。中学生活にも慣れ、高校受験はまだ先のことだ。季節も日増しに暖かさを増している。誰もが気持ちが浮わついて、教室中が落ち着かなくなっていた。

さまざまな引力や張力によって、自然に、かつモザイク的に出来上がったいくつかの男子グループが、てんでにつるみ合い、大声をあげ合っていた。それが相乗効果となって、他のグループとの掛け合いが始まり、怒鳴り合いとなり、ついにはそこここで、取っ組み合いが始まった。もちろん本気ではない。声を張り上げ、接触し合うことが、異様に楽しかったの

だ。じゃれ合いと言ってもいい。二年になればクラス替えがあり、ほとんどが離れ離れにな
る。一学年十クラスもあるのだ。このうちの誰とまた一緒になれるかわからない……。

始業ベルが鳴った。教師はなかなか来ない。

後ろの板張りの壁に、生徒たちの身体が二度三度とぶつかる。安普請の古い建物である。

壁の薄い板は、みしみしと悲鳴を上げ、柱が揺れる。

声が飛んだ。

「隣のクラスに怒られるぞ！」

すかさず、どこからか声が返って来た。

「自立学級だから大丈夫だよ。怒んねえよ」

自立学級というのは、知的障碍があるとされている生徒のためのクラスであった。授業内
容も、授業時間も一般クラスとは全く別立てだという。

一応様子を見に行こう。迷惑をかけていたのならみんなで謝らなければならない……。

僕は廊下に出て、隣の教室へ向った。数人が面白そうについて来た。

窓ガラス越しに見ると、教室の真ん中に、ちょっとしたスペースがあり、青い敷物が広げ
られてあった。その周りにいくつかの島にわかれた机が見え、それぞれを生徒たちが囲んで
いる。ほかの教室のように、正面の黒板にむかって、一方向に並んで座っているわけではな

かった。それだけで、ちょっと自由でおおらかな感じがした。全学年が一緒になっているから、年齢はごちゃ混ぜのはずだが、誰もが少し、僕たちより大人びて見えた。

真ん中付近に立っている、この学級の専任教師が気付いて、廊下の僕を見た。中年の、実直そのものの顔である。怪訝なまなざしが、長髪のかぶさった眼鏡越しに、こちらに向けられている。

室内の、数人の生徒が振り返った。不思議そうに見つめたままの者もいるが、大体が親しげな笑顔を向けてくれている。騒いで壁を揺らしたことなど誰も気にしていない様子だ。僕はその顔のひとつに向って、笑いながら手を挙げ、小さく声をかけた。

「ごめんね」

なんでもないことだったんだ。わざわざ戸を開けて、中に入って謝るというのも他人行儀すぎる。かえってことを大げさにし、無駄に緊張させてしまうかも知れない……。

教室に戻った。直後に、隣のクラスの教師が来た。声が震え、長髪が揺れている。いつもまじめで静かなこの教師が怒った顔など、これまで誰も見たことがなかった。

「みなさんは……、少しは、隣のクラスのことを考えてくれてもいいんじゃないのか！大声で怒鳴り合って、揺れるほど壁にぶつかって……、授業の邪魔をして、そのうえ、教室の前まで来て、私の生徒たちを笑うなんて！」

それ以上は言葉にならない。唇が突き出たり引っ込んだりしている。ぴくぴくと頬が蠕動する。怒り方が下手なのは、誠実な人柄の証拠だ。

「どうして、そんなことが出来るのか、私には……わからない……」

教師はそのまましばらく立ちすくんでいたが、ふっと肩を落としてうつむき、ゆっくりと体を回して、そのまま出て行ってしまった。本当に悲しそうだ。大の大人がこんなにつらくて、寂しくていいんだろうかと、僕は思った。

剣幕に押されて静まり返った教室が、再びざわめき始めたころ、担任の女性教師が現れた。教卓に寄りかかって、この事態についてクラスメートと言い合っていた僕が目にとまったらしい。

いきなり、

「教員室へ来なさい！」

ということになったのだ。

《違うんです……》

言おうとしてつぐんだ。

何を言っても言い訳にしか聞かないし、聞かれない関係が、すでにそこに固まっていた。

「先生はね、きみに期待して……」

あえぐように言う教師。

自分のせいじゃないと言おうと思った。騒いで壁にぶつかったのは、少なくとも僕だけのせいじゃない……。

では誰のせいだ……。

そうなると、どう言っていいかわからない。

隣のクラスへ行ったのは、迷惑をかけたんじゃないかと、様子を見に行っただけだ。ごめんね、と言ったんだ……。笑ったのは事実だが、それは、僕たちに迷惑をうけていた様子はあの子たちになくて、お互いが、仲良しみたいでうれしかったからだ……。

何もかも卑劣な言い訳に取られてしまうように思えた。卑怯者にも偽善者にも見られたくなかった。説明しようとする言葉の糸目が奥の方でこんがらかって、ほぐれてくれない。気持ちを整理しようと、躍起になっているうちに、思いがけず大雑把な気持ちになり、それにすがった。

壁を揺らしたのが誰であれ、僕は、級友と共に壁のこちら側にいる。明らかなのはそれだけで、こんな場合、それで十分なのだ。そしてそれ以上に、僕個人の罪があるとすればそれは、壁が揺れた後、隣りのクラスに様子を見に行って、場合によっては謝ろうなどと、この僕が勝手に行動しちゃったことに違いない。クラス委員でも代表でもない僕ごときがだ……。

そう思えば、合点がいかないわけではなかった。だがそんなことを、この教師に認めさせるような説明の仕方が、今の自分にあるとは思えない。ならば、この場は僕の手には負えないのだ。前を見据えて黙っていること以外何が出来よう……。

「こんな時もそういう態度なの？　きみは。ふてくされて……」

多くの他の教員が、興味深げにこのやり取りを見ていた。とりわけ、斜め前の席のグンジの目は、異様な光を放っていた。獲物を見つめるもののそれだった。

そしてその時、僕に、ワルとしての資格が与えられたのだ……。

ワルを並べて懲罰を与えるのは、実は新二年生に対する恒例の行事だったのだ。新二年生の各クラスから、何人かのワルが抜擢されるのだ。グンジには、そして学校には、毎年、何人かのワルが必要だった……。暴れまわって、障碍をもつ生徒たちの授業を邪魔したうえ、わざわざ出かけて行って、あざ笑ったというあの所業、そしてなお、これほどの悪業についての僕の「無反応」、ワルを選抜する役のグンジの、十分お眼鏡にかなったのだった。あの日、担任に連れて来られた教員室が、その法廷だったのだ……。

空白を抱きしめて

一年生最後の学芸会の演目だった《オコロ　ポーノレポイ　ガニエワ》。

僕には、あの本番の時からすでに、グンジが僕を憎み、忌避していたと、うすうすだが気付いていたように思えてならない。その後の、ひと月にわたる正座の毎日は、中学生のワル一般に対する、懲罰あるいは見せしめの域をはるかに超えていた。どう考えてもこの僕という固有の存在だけが標的だった。

あの時、師団長役の僕の演技の中に、絶対に認めてはならない何かを、グンジは嗅ぎ取っていたに違いない……。演技者本人では思いもよらないそんなものが、何もわかっていないはずの子供の体を通して、どこかで滲み出てしまっていたのだ。それは作品中にありながら、作者の思惑を超えた何かであって、生徒たちはもちろんその親たちも、教師も、気づいてはならないものだった。それが、グンジの体内に奥深く埋め込まれていた、何らかの装置の信管に触れた……？

大体、やつは本当に、栄えある特攻隊の生き残りだったのか……？

隣の屋敷に住んでいたスタアが実は、特攻の搭乗員だったわけではなく、基地での事務職担当者だったという記事を目にしたことがあった。スタアは、特攻の生き残りという触れ込みで、戦後、幾多の映画のなかで、お国のために壮烈に美しく、何度も何度も死んで行ったのだが……。

疑念を払拭する手立ては見つからない。グンジが、特攻隊員だったことを根拠付けるものは、実はどこにもなかったのだ。そして、あの台本の作者の名もわからないままだ。表題の《オコロ　ポーノレポイ　ガニエワ》の意味も、南の島が具体的にはどこなのかも、今だに知らされていない。いろいろなことがわからないままに、理解の及ばないことが僕の身に積み重なり、否応なく今に至り、その今が軋んでいる。僕が認識出来るのは、そうした現実だけだった。

ならばそれで十分なような気がしてきた。物事はいつも、なぜかそこに、勝手にあり得てしまっている。ならば何事も、自分がわかるようにしかわからない……。今の自分が思うように思えばいいだけのことなのだ……。ｘが本当に２ｙであるのかないのかなどは大したことではない……。

急に自由になった。長く胸のあたりに、小石のように散らばってこびりついていた、疑念やら想念やらが、一気に溶け合い、合点の本流となって、脳髄になだれ込む。

つまりやつは、あの台本の、南の島に確かにいたのだ……。

いや、南の島でなくともいい。ともかくやつがいた戦地のまさにそこで、何かがあったのだ。それはとてつもなくおぞましくて、この上なく具体的な何かであって、そこでやつは絶対……。

戦犯として、南方の島で絞首刑にされた学徒兵の手記を、一年前の冬に僕は読んだ。無謀な戦争を引き起こし、現地の人たちに対する残虐行為を実行した、この国の軍隊にあって、上司の命令に従っただけの一介の上等兵は、無罪を主張しながらも、この国の、一兵士としての責任を担って、絞首刑を受け入れた。真っ先に責任を果たすべき上官も、実行犯と目される同僚も、この学徒兵に全ての責任をかぶせて、自分たちは逃げおおせ、生きながらえたという。

そして、この学徒兵だけは、軍務中も、戦犯裁判中も、またその遺書の中でも、一度も現地の人を《土人》とは言わず、《酋長》という言葉も使わなかった……。

思いはさらに、小学生の時に見た映画のシーンと重なった。若い将校が敗戦後、大陸から引き揚げてきて、母親の元に帰った場面だ。実家で母と再会した将校は、畳の上にその長身を思い切り伸ばし、精いっぱいの笑い声を発しながら、転げまわっていた。

アハハ、アハハ……。

戦争が終わったことの喜び、自由の幸せを全身で表していた。あの若さで体験した、悪夢のような営為を振り払おうとしている主人公の姿が、子供だった僕の目に焼きついて離れない。

その後、戦争犯罪の疑いで呼びだされ、死刑になるかも知れない裁判を受けるために、やっと巡り合えた家族のもとを離れて、堂々と隣国の大陸へ向かった主人公……。なんで、僕はあんな子供の時にあんな映画を見ちゃったんだろう……。あの時、この人生には何一ついいことは用意されていないと、芯から思った。大人になんかなりたくない……。


中学生活最後の正月を過ぎると、教室は、地球の南の果てで生き残っていた、二頭の犬の話で持ちきりとなっていた。地球観測年とやらで、世界に遅れを取るまいと強行した国家事業の、不手際のツケを負わされて、この国の観測隊によって置き去りにされていたのだ。一年前に、氷の大陸の外れに取りついた小島で、杭に括りつけられて捨て置かれた犬は十五頭。そのうちの二頭が生きていた。一年ぶりに、おめおめと戻って来た観測隊の前に現れ、じゃれて見せたという。

人間どもの誰にも知られずに過ごした、春夏秋冬の空白への想像が僕を圧倒する。大自然の猛威のなかでの、生存のための、ひたむきで峻烈な光景が、こらえがたく僕の胸を苛む。

それは、一年前の二月、この国の北端の山中で、終戦を知らずに穴倉生活をしていた男性が、発見された時の衝撃へと、僕の思いを広げて行く。隣国のこの労働者は、この国の軍部によって連行されて、異国の地で石炭採掘を強制されていたのだが、命からがら脱走したのは、僕が生まれた年だった。それはつまり、これまで僕自身が生き、生活してきた全ての年月にわたって、この人の命と営為は穴の中の極寒にあったことを意味する。

こちらはその間、そんなことを何も知らずに、今日までのここ生きて来た。薄っぺらであれ蒲団で寝て、貧しくとも毎日の食を食み、ベーゴマを回し爪を揚げ、幼稚園に半年行き、小学校、中学校に通い、炬燵で新聞を読んで、ラジオで野球を聞き、街頭テレビの前で相撲やプロレスに喚き、駅前で映画を見、新聞や牛乳を配達して小遣いを稼ぎ、勉強のふりをし、芝居のまねごとをし、年中みだらな夢想に耽りながら、茫漠たる時空を漂ってきたのだ。

そして同じ年の九月、在外残留邦人の引揚が、国の事業としては完了したことが伝えられた。戦後、大陸および南方の島々に取り残されていた生存者が、帰国・帰郷を果たすのに十三年の歳月を要したのだった。

もちろん僕には、引き揚げ時の記憶などない。が、一瞬にせよ、共に同じ地の空気を吸ったことのあるはずの人々である。僕たち一家がなんとか帰国を果たして以後の、かの地に残されたままの人たちの、十年以上もの年月の厚みが、白っぽく胸を圧迫する。

「本当にみんな帰って来れたんだよね？　よかったね」

僕が問い、母が言う。

「みんな帰って来れたって……、よかったねって……、そんな単純なことじゃないのよね。ずうっとよ、ずうっとあっちに暮らしていたんだもの。あそこの人だったんだもの。これからもあっちの人になって生きていく人もいるのよ多分。いろんなことがあるのよね……」

さらにこの二月には、祖国の敗戦を知ってか知らずか、南の島で生き残っていた元兵士二人が、現地の村人を射殺して、ジャングルに逃げ戻ったという。森の中での途方もない極限生活と、その凍りつくような精神のありかが、僕を怯えさせる。僕の生存期間がまるごと戦慄する。あの戦争によるむき出しの殺戮行為は、未だに続いていたのだ……。

そんなおそろしいことが今でもある。それは自分のすぐそばにだってあったのかもしれない……。実際、戦地から大挙引き揚げて来て、今はそこここの家で、無上の平和な家庭生活を醸している父親、兄弟、息子たちは、つい十数年前には、物を奪い、土地を奪い、人を殺すために遠路はるばる出かけて行ったのだ。そのうちの相当数は事実として、生身の人間の命を、まさしくその手で奪った……。

途方もなく長い間、得体のしれない空白の塊に、包まれて来たように思った。生まれてこの方、僕はずっとその、甘くけだるい感触に身をゆだねて生きていたのだ……。

そしてその時、抜き差しならぬひとつの事実が、すぐ脇に突っ立っているのを、唐突に僕は意識した。

《戦争が終わって十数年たった今、グンジが目の前で、普通に生きている……》

それはただの事実以外ではなかった。が、その無造作な事実を伝って、周辺に漂う空白の微粒子が、じわじわと体内に浸み入って来るのを僕は知った。それらは、臓器の間を漂いながら、一部は消え一部は結び合い、ゆっくりと一つの塊にまとまって行ったようだったが、しばらくして、胸の奥底に確かな位置を占めて固まった。僕は、自分が生まれる前からずっとそこにあったもののように、そっとそれを抱きしめた。

終　章　巡る春

卒業式が終了したあと、最後の倉庫型校舎だった体育館が取り壊された。質実素朴な三角屋根を風雨にさらしながら、内装のわずかながらの改造と補強を経つつ、何とか原形をとどめてきた戦争の残骸は、この国の歴史上で最も貧しく、なにもかも欠乏した時代に生まれ育った少年少女の営みを、すっぽり包み込んで、地上から消えた。

そして、新入生も含め生徒たちはみな、この春に全棟が完成した、新校舎で授業を受けることになった。鉄骨鉄筋コンクリート製で、直方体の白く無機質な三階建である。

四月、大きな撮影所から続く桜並木を抜けて、一人の少女が、中学校に入学して来た。彼女は白亜の校舎の、真新しい教室に入って、着席する。

初めてのホームルームのベルが鳴った。インクの匂いの残る教科書を、机に並べていた彼女の横に、ふっと、黄土色っぽい気配が佇んだ。

「あなたが、彼の妹というわけですか……。ふうん」

男が傲然と突っ立っていた。見上げた少女の視線が、相手の大きな黒い目が発する強い光とぶつかる。うりざね顔の、分厚い口髭を蓄えた……、こいつが担任らしい。

了

わが心の胡同（フートン）——あとがきに代えて

今から一二年前の二〇一〇年一一月に、私は、初めて自分の出生地である北京の空港に降り立った。

この時の中国行きは、もともとは、友人のAさんが教鞭を取っている某大学の法学研究活動の一環として、中国の大学との学術交流のために企画されたものであり、市内見学・見物などとは無縁の、厳しく神聖なものであった。そこに、Aさんをはじめとする三名の同大学教授各位の優しさに付け込んで、私とわが連れあいの二人が、強引に随行に及んだのであった。

初日、日暮里駅から京成線に乗ったが、京成線の改札付近は、多数警察官が立っており、盛んにまたしつこく、「テロに対する警戒のための、不審者不審物の摘発への協力と、警察官による、身体捜索には積極的に応ずるように」というアナウンスが流れていた。

空港では、一定の間隔を置いて警察官が配置されてはいたが、あまり、緊張感は感じられなかった。空港の搭乗ゲートで、三教授と合流した。

日本海・黄海と二つの海を越えて北京空港にガツンと着地した時、急に「うっ」と胸に来た。六五年ぶりの生地への帰還である。生まれたてで引き揚げ者となった私は、当然何も覚えていない。ずっと避けがたくわが人生の奥底に澱んできた記憶の白い闇へ、無防備に踏み込んだ一瞬だった。

出迎えてくれた中国人民大学大学院の男子学生Cさんと、タクシーで人民大学内のホテル「賢進楼」に向かった。Cさんは、日本語が達者で、それもすでに日本ではなじみの薄い丁寧語、謙譲語がかわいらしく身についていて、こちらが照れくさい感じである。

ホテルはスイートしかなかったが、一人当たり、四日分で二万円弱。ここが、今回の展開の拠点となった。

夜、人民大学の学内レストランで、豪華な宴が張られた。日本の三名の教授トリオと、人民大学の教授のTさん、前述のCさん、北京理工大学、黒龍大学の女子学生などの座る席に、大学関係でも、法学関係でもなんでもない妙な老カップルが混ざりこんで、法律専門学術用語や、学者相互の人脈情報の飛び交う中、和やかに会話が弾み、交流が深められた。ともかく料理はうまかった。

二日目、朝食は、ホテルでの中華バイキング。これが結構いけていて、思わず朝から満腹に。教授諸兄は北京理工大学での講演会と研究会へ。我が老カップルは、大学西門前で、案内兼通訳を依頼していたKさんと待ち合わせていた。

現れたのは三〇歳くらいの感じのいい青年で、日本に二年留学していたという。私が北京生まれであって、生まれた場所を見つけたいのだ、と話すと、かなり興味を示した。しかし、私の戸籍謄本に記載されていた「東鉄匠胡同」という地名を言うと「聞いたことがない」と答えた。

北京で育ったKさんでも知らないのだから、六五年前の形跡も名残も完全になくなっているとしか思えなかった。当時は「中華民国」だったし……。かなりな率であきらめるしかないと思った。

北京の空は真っ青だった。天壇公園・天安門広場・故宮・景山公園を、一気に回り、歩きぬけた。昼食は、天安門前通りで、焼売を食したが、これがまた絶品であった。

街中を一巡りしての夕刻、后海という湖の畔を歩いていると、案内板があった。胡同は、北京各所にあるわけだし、目的物が見つかるはずもないが念のためにということで、これをなめるように見ていった。

左端下部に小さく「前鉄匠胡同」という文字がふわっと目に入りこんできた。思わず「これだこれだ」と叫ぶとKさんが「行きましょう」と言ってくれた。すでに夕闇が湖の水面を覆いはじめ、Kさんの勤務時間も終わりに近づいていたのだが。

そこは、胡同独特の土塀が並ぶ、少々ほこりっぽい街区である。車を降りて、小さな門にところどころ黒く滲んでいる住居番号を辿りながら、曲がりくねった路地を歩いた。薄暗さのなかに、壁の白さだけが道に浮き上がっている。

手元のメモにある数字通りの住居は見当たらなかったが、前後関係からして、ここしかないと決めた家の門の中をのぞいてみた。小さめではあるが中国特有の四合院作りとも思えるたたずまいがあり、その中庭を土蔵造りの新らし目の建物が占拠している。手前の入り口と見られるところから明かりが漏れ、妙に新しいズック靴や、ビニール製の草履が散在しているのが見えた。なにやら話し声もする。もちろんぜんぜん解らないが。

ここに人が住んでいる。普通に、今の暮らしを営んで居る……。

自分勝手に長い年月の空白感をイメージし、高揚した。家に向かって何か声をかけてみようかとも思ったが、なにをどういっていいのかわからない。変に長引いて、時間外にKさんを煩わすことになるのも気が引けて、やめた。

「ここだと思います」

というとKさんは

「ほんとですか！　良かったですねえ」「私にとっても今日はすばらしい。大事な日です」と言ってくれた。完璧な確信があったわけではないが、Kさんの屈託のない笑顔に応えたい気もして、ここに違いないことにした。車に乗るまでの一歩一歩、自分の足跡を刷り込むようにして、石畳を踏みしめ、その手ごたえをかかとに刻みつけた。

夜は、建国門の「鴨王」で北京ダックをはじめとする贅沢三昧。うまかったし、うれしかった。

三日目の朝食はホテルレストラン。この日も朝から食欲旺盛。

Ａさんの教え子が、天津にいるので、そこに会いにゆくということになっていた。老カップルは、当然にその教え子とは無関係であるが、もちろんおめおめとついて行ったのである。

地下鉄に乗って北京南駅へ。地下鉄は北京全域、どこまで行っても二元、つまり二八円である。そこから日本のそれより高速の新幹線で、天津へ。時速三四八キロ。これは五八元、つまり八〇〇円位。グリーン車だと六九元。

天津駅は改築中だったが、そこに、新婚一週間のお連れ合いと友人を伴って、Ａさんの教え子のＲさんが待っていた。長身のたくましい若者である。

天津では、侵略列強の租界地の集約拠点であったマルコポーロ広場に案内された。各国の当時の建物の多くがそのまま残されており、この街の、重い歴史をにじませていた。

そこここで、ウエディングドレスとタキシード姿の男女が、カメラマンに囲まれていた。街の景観を用いて、結婚記念写真を撮影しているのである。女性も男性も、映画俳優さながらの情感たっぷりの表情を浮かべ、ポーズを取っていた。

唐突に、わが連れあいが、Ｒ氏に紙切れを見せて

「ここに父が勤めていたのよ」と切り出した。

「いいえ、別に行ってほしいと言ってるわけではないんですが…」

Rさんは
「それはすごい、昼食後に行ってみましょう」
と言ってくれた。そこで私も図に乗って
「ここが、私の父母が、一緒に最初に住んでいたところです」
と別の住所を示したのである。Rさんは
「ダイジョーブ。そこも行きましょう」
教授トリオも、一斉に賛同してくれた。こうして、Rさんたちが全身全霊で企画した、一行の午後の予定はすべてキャンセルとなった。申し訳なくも、ありがたいことであった。
昼食は、Rさんの接待で、またまたの満漢全席。毎日毎晩ごちそうを詰め込んでいるばかりか、旅行に付き物の便秘症状のため、私の全身は出来損ないのぬいぐるみのように膨れ上がっていたが、うまいものはいくらでも入るから、問題だ。
さて、いよいよの午後、恐縮ながら、教え子さんたちの、黒塗りのベンツ二台連ねて、老カップルのためのセンチメンタルジャーニー「わが心の旅」が始まった。
Rさんをはじめ、一行全員の努力によって、連れ合いの父親が勤めていた『中央銀行』ビルを発見。昔そのままの様相だが、今は中国の銀行（中国人民銀行）として使われている。中を除くと、ごく普通に銀行業務が行われている。たぶん、連れ合いの父親も、あのカウンターの中で長身を折り曲げて、実直に業務をこなしていたんだろうと思った。

天津といえば、私の父と母が、中国での初めての所帯を持った街である。兄はここで生まれている。戸籍謄本に、兄の出生地として記載されている住所を目指して、かの地を探ることになった。これも、私が、一行の予定を強引かつ円満に変えさせたのである。

一時間ほどで着いた目的地と思しき場所には、旧いレンガ造りの、三階建ての長い建物があった。中国の鉄道官舎らしい。住人は変わったが、昔のままずっと鉄道官舎として使われていたのだ。

中に入りたい……。

門の横に、結構人のよさそうなやせた中年男が番をしている。話を付けたいが言葉がわからない。教授の元教え子の中国人青年に助けを求めようとするが、二人は、ベンツの下のほうを見ながら、不安げに言葉を交わしている。何かの拍子で傷をつけたらしく、深刻そのものの様相である。とても頼めたものではない。そこで門の男に
「私は日本から来たのですが、私の親が、昔ここに住んでいたので、中を見てみたいのです」

と日本語でいうと、かの御仁は、解ったのか解らないのか解らないが、どこかへ電話した。

一瞬の緊張ののち、御仁は
「どうぞ」

というような感じの音声を発して、中を指差したのである。勇んで中に入った。一人で入った。三〇メートルくらい直進すると、通路が左側に大きく広がっていて、三、四階建ての長い建物が、空き地を大きく取り囲んでいる。向かい側に「洗濯場」のような建物があった。母も父も、大陸時代の話を子供にすることはほとんどなかったが、ほんの少し、私がおぼえている母の話にあった光景とダブっているように思えた。

私の記憶装置が若干牽強付会気味に作動する。母は、おおきな、洗濯場のようなものが在ると言っていた。あまり自分は外に出なかったが、そこだけは毎日行っていたとの話だったように思う。なれば、紛れもなくここなんだ。この、奥の、建物が交差しているあたりの二階か、三階のはずだ。

大連で幼少から青春期を過ごした母は、一時帰国して銀座の会社に勤め、モガ（モダンガール）として鳴らしていたころ、次兄だかの親友だった父とわりない関係となったらしい。次兄は当時まだ無名の画家だったが、無名のうちにビルマ（今はミャンマー）で、戦死だか病死だか餓死だかで亡くなってしまった。其の後、愛する人が身重になったことも知らず、大陸の鉄道会社に就職して去った父を追って、母は果敢にも単身で大陸へ渡り、大連駅で再会を果たした、というか父につめよった？らしい。二人はそのまま一緒に、天津の鉄道官舎で暮らし始めて、兄が生まれた。父の親には長いこと結婚を認められなかったということだ。

天津の住まいでは母は、ほとんど外出せず、ひっそりと、父が勤めから帰ってくるのを待っているだけの毎日だったように聞く。まだ本当に若かった両親の当時の暮らしが、セピア色に私の脳裏に描き出される。

その世界へようやくにして、六〇代の半ばをぎた過た息子の私が、立ち寄ったというわけである。私を生む以前の母が目に浮かぶ。兄を身ごもり、電気もつけない部屋の中で、父を待って、不安げに両開きの窓を見つめている若い母は、私のことをまったく知らない母である。すっかり年をとっている私のほうは当然にも、その人を母だと知っていて、その姿を無作法に覗き込んでいる。そんな気がした。甘酸っぱいようでいて、息苦しい。止みがたく上ずってゆく感情と、それを抑えようとする気持ちが交錯しながら、私の胸部をぎりぎりとねじりあげていく。

この一瞬をどう感じるべきなのか、どう理性的にあるべきなのか、また、いつまで、どのようにここにこうして居るべきなのかわからず、私は立ち尽くした。涙でも出れば好都合なのだが、そうは問屋がおろさない。

どうにも、とり止めがなくて、逃げ出したい気持ちに駆られるが、一方で、厚くて重い時間の圧力のようなものが、私の総身を羽交い絞めにしているようにも思えた。門の外では、連れあいやAさんたちが、そんな私をうれしげに見届けているのも感じていたが、そちらを見やることも出来ない。

しばらくすると、思いがけずスーッと楽になった。見知らぬ中国の人たちが住む、ありふれた旧い鉄道官舎の敷地に、私というただの爺いが立っているだけなのだという、単純極まりない事実の手触りが、やさしく私を包みこんだのだ。そうなんだ。それだけのことなんだ。

振り向くと門の向こうに、しかるべき私の感動ぶりを、あらかじめ周知しているもののごとく、満面の笑みをたたえた、わが諸兄姉の雁首が並んでいる。へらへらしながら私は、その中に混ざり込んだ。「わあ、ヘンな顔してる……」と連れあいが楽しそうに言う。帰りの新幹線から見る落日は素晴らしかった。

夜はAさんの知り合いで、特派員として現地に滞在している新聞記者の男性と会食したが、昼間の個人的感慨が薄れるのを警戒ばかりして、会話に身が入らず、記者氏にはいささか失礼な対応となったかもしれない。

四日目はさすがに朝飯はやめようと思ったが、うまいものはうまいのできちんと平らげる。教授トリオ各位は、人民大学での「日中経済法研究会」参加。老カップルのほうは、またまた、Kさんに連れられて、こんどは万里の長城「八達嶺」へ。その後「明の十三陵」へ。西北料理でまた太って、「頤和園」へ。再び前鉄匠胡同を回って、戻る。

そこで今度は、日本の中国地方の大学の教授で、いま人民大学で教鞭をとっている女性の学者を含め、大学関係者一〇名ほどに、なぜかわれら二名が同席しての大祝宴。今夜は、ヒツジと牛のしゃぶしゃぶで、これがまた柔らかくてしかもさっぱりしていてうまい。

この夜、尖閣列島（釣魚諸島）での衝突事件のビデオが流出した事件を、M教授のネットで知った。

五日目の朝は、さすがに少し遠慮して野菜中心にした。盧溝橋へタクシーで行く。

盧溝橋は強烈だった。抗日戦争紀念館には日本では絶対に公開されていない資料や、目を覆うものすごい写真が多数展示されており、短時間ではとても見きれない。

日本はこれだけのことを中国に対して本当にやった……。

しかし、中国の方は、日本の国土にこうした攻撃も、侵略もしたことはない。これが事実であり、日本と中国の関係は今のところこれだけに尽きるといってもいいとの思いを強くした。

Aさんが「天皇も、日本の歴代の首相も全部、ここへ一度来るべきだよね」と言い、私は頷いた。

盧溝橋の橋上に残されている、起伏の激しい石畳や轍を見、広い川の流域を見渡し、街を囲む城壁を見上げ、街並みを歩くと、日本軍が、ここでまず大砲をぶっ放し、街に押し入り、あのように戦争を仕掛けたという実感がわいてくる。この戦争はこうして現地で始まった。

それを政治がすべて後追いし、追認する形でことが進んだ。その危険な構造が見えるような気がした。現場の引力のようなものをひしひしと感じて肌寒い。現地でなければ実感できない領域というのは確かにあるのだ。

中国は、今も政治的にではあれ、国家のアイデンテティとしての抗日戦争あるいは、抗日戦争後を闘っていると思える。ドイツそしてヨーロッパにおいても、少なくとも反ナチの立場を政治において堅持し、そうした意味での『戦後』つまり、第二次大戦の総括をそれぞれの立場で展開し続けているのに比べ、日本はどうかという気持ちになった。

北京空港で、世話になった教授の方々、現地の学生さんたちと最後の晩餐をやって、深夜帰国したが、空港での警備についてはあまり、ものものしさは感じなかった。

尖閣列島問題等で、日中の緊張関係が派手に取りざたされ、出発前は、冗談的に中国行きに危惧を挟む意見まであったが、既述のごとく北京では、日本からのメールでしか、そうした話は感じ取れなかった。今回の一行の目的・性格・関係等に私たちが包まれていたためもあったとは思うが、大学の中にも街路にもそうしたことをうかがわせるものは何もなかった。人民大学の売店にあった週刊誌の表紙に日の丸の鉢巻きをした、民主党の外務大臣前原が載っていた位である。ホテルの新聞も、日本がロシア駐在の大使を呼び戻したということが出ていたが、尖閣問題は全然と言っていいほど載っていなかったように思う。

取り沙汰されている人権抑圧についての感触は短期間で得られるはずもなかった。私が接した若い学生たちは、実に伸びやかで、明るく、才気に満ちていて、気品さえ感じられた。ただ、車で市内をめぐっているときに、急に車が止められて、運転手兼通訳のKさんが、パトカーに呼びつけられ、何か言いあっていた。一五分くらい大事な時間を浪費させられたが、戻ってきた彼は「何だかわからない」と言っていた。

わが出生地の件だが、出発まであまりにも忙しく、何の準備もなく行ってしまったので、帰ってから調べてみた。

中華民国時代の北京（北平）市街地図が友人の本多海太郎の手にあることを知り、主観的には快く譲ってもらって、そのゴマ粒が散りばめられたような地名の群れを、老眼を充血させながら追った。「西鉄匠胡同」「東鉄匠胡同」という文字が霞みながら網膜に映し出されてきた。私たちが現地で見つけた「前鉄匠胡同」の位置は「鉄匠営」と銘打たれていた。双方の距離は一キロ弱である。戸籍謄本の記述はまさに「東鉄匠胡同」とあった。しからば、この地図上の「東鉄匠胡同」のほうに間違いないと考えるべきだ。天安門広場のすぐ横である。

私たちは、あの数日間、そのすぐそばを、何度も車で通り過ぎてもいるし、通りの建物を眺めてもいるのである。ショックはショックだが、これも運命というか成り行きで、しょうがないことだ。

とはいえ、距離的に少々ずれはしたが、ほとんど出生地と言っていい範囲の地点に立つことができ、現在のものではあれそのたたずまいを知ることができたし、天津ではまさに私の生まれる前の両親の、ごくごく身近な風景にも触れることができたのだ。これは何物にも替えがたい。まさに現場の力というものを感じる。

六五年にわたって、私の体内で絶えず、そしていやおうなく意識されてきた闇の部分に向けて、私の現在という少しは確かなものが、ある種の客観的手ごたえをともなって、貫通したようだった。脳血栓が凍解した様な、宿便がはれたような感じともいえる。私の生まれる以前の時空に向かってバルブのようなものが貫かれて、そのバルブにわが年月が寄り添っている。表面のその、細かい襞すらが見えるような感じとでもいおうか。


ところで、このたび私は、前作「影絵の町」に続いて二作目の小説を、北冬書房より出版することになった。舞台は、敗戦より一〇数年後の、どうということもない小さな町であり、主人公はこれまた、どうということのないただの中学生である。

この本は、短編とも、断片とも言えそうないくつもの文節が集まって、全体で中編小説を構成している。音楽で言えば「組曲」のようなものとして読んでいただけたらうれしい。

北冬書房主宰の高野慎三さんには、心より感謝するものである。それから、前作に引き続き編集を担当してくれた、盟友本多海太郎さん。お二人とも本当に粘り強く私の執筆作業を見つめていいてくれた。装丁のシナプス三宅秀典さんほか、刊行に携わってくださったすべての皆さんに感謝します。

二〇二三年新緑の候

佐々木通武

著者略歴
1944年、現中華人民共和国北京市東鉄匠胡同で生まれる。

敗戦後、青島から佐世保に引き揚げ、鎌倉市大船に住む。

高校卒業後、港湾荷役事務、印刷、倉庫業務等を経て法律事務所勤務。一方で早稲田大学社会科学部に在籍。

在学中に東京に移り住む。

法律事務所で発生した自らの解雇問題を契機に、その後約40年にわたり、労働運動・社会運動に取り組む。

この間の経緯は「世界でいちばん小さな争議―東京・中部地域労働者組合柴田法律事務所争議記録編集委員会編―」に詳しい。

運動の傍ら句作に携わる。句集に「監獄録句」「借景」「反射炉」、小説に「影絵の町―大船少年記」がある。

恩讐航路
―不在の輪郭―

発行日　2023年8月15日
著　者　佐々木通武
編集協力　本多海太郎
制作協力　シナプス
発行者　高野慎三
発行所　北冬書房
〒153-0044
東京都目黒区大橋2-9-10
tel 03-3468-7782
fax 03-3468-7783

短編集

影絵の町

——大船少年期——

佐々木通武

四六判上製　240 ページ
定価 1600 円＋税
ISBN978-4-89289-144-1 C0093 ¥1600E

トートロジー考
—内島すみれマンガ評論集

内島すみれ

A5 判上製　176 ページ
定価 1800 円＋税
ISBN978-4-89289-148-9 C0079 ¥1800E